刘 凯旋诗词集

春草吟

刘凯旋 著

中国文联出版社
http://www.clapnet.cn

图书在版编目（CIP）数据

春草吟：刘凯旋诗词集／刘凯旋著．－－北京：
中国文联出版社，2018.1

ISBN 978－7－5190－3449－8

Ⅰ.①春… Ⅱ.①刘… Ⅲ.①诗词—作品集—中国—
当代 Ⅳ.①I227

中国版本图书馆 CIP 数据核字（2018）第 006658 号

春草吟：刘凯旋诗词集（CHUNCAOYIN：LIUKAIXUAN SHICIJI）

作　　者：刘凯旋

出 版 人：朱　庆

终 审 人：奚耀华　　　　　　　复 审 人：蒋爱民

责任编辑：胡　笋 贺　希　　　　责任校对：师自运

封面设计：中联华文　　　　　　　责任印制：陈　晨

出版发行：中国文联出版社

地　　址：北京市朝阳区农展馆南里 10 号，100125

电　　话：010－85923039（咨询）85923000（编务）85923020（邮购）

传　　真：010－85923000（总编室），010－85923020（发行部）

网　　址：http：//www.clapnet.cn　　http：//www.claplus.cn

E－mail：clap@clapnet.cn　　　hus@clapnet.cn

印　　刷：三河市华东印刷有限公司

装　　订：三河市华东印刷有限公司

法律顾问：北京天驰君泰律师事务所徐波律师

本书如有破损、缺页、装订错误，请与本社联系调换

开　　本：710×1000　　　　　　　1/16

字　　数：229 千字　　　　　　　印　张：16

版　　次：2019 年 1 月第 1 版第 2 次印刷

书　　号：ISBN 978－7－5190－3449－8

定　　价：48.00 元

序

刘凯旋先生，白族，1935年3月出生，湖南张家界市桑植县人。1950年，先生刚满十五岁，毅然投笔从戎，保家卫国。1958年从部队转业至地方，同年9月先生考入湖南师范学院外语系，刻苦钻研，德才兼备。1963年大学毕业，先生满怀激情，奔赴湘西从事教育工作，历任中学教员、校长、教师进修学校校长等职，克己奉公，夙兴夜寐，为山区培养建设人才，数十年倾尽心血，精诚之至，可钦可赞。

1995年退休后，先生豪情未减，又入读湖南老干部大学古典文学班，敲韵倚声，学以致用，创作了大量诗词篇章。继2012年《小草吟》诗集付梓之后，先生又将近几年数百首作品编印成《春草集》问世。集中诸作，或回顾平生，以抒壮怀："缕缕清风丹桂香，楼台对月话衷肠。回眸万里征程远，无愧男儿志四方。"（《秋夜随感》）或缘事而发，以明爱憎："耕耘日日晚收工，风雨田间弯背弓。汗水勤浇千亩稻，豪门一席便成空。"（《悯农》）或咏物寄兴，以表赤忱："千斤背负踏歌行，越漠翻丘路踩平。每遇风沙仍傲首，一生苦力见忠诚。"（《骆驼赞》）或记游写景，以赞新政："层峦翠竹望无边，石径梯田云海间。村寨如屏千万景，东风浩荡辟新天。"（《山寨即景》）总之，忧乐关乎天下，慨叹系乎民生，悲喜出乎真情，朴实无华，诚挚坦荡，展现出"天行健，君子以自强不息。地势坤，君子以厚德载物"的精神风貌，捧卷读来，受益良多。

而今，凯旋先生年逾八十，仍思进取，笔耕不辍，其处世为人之正，其求知问学之勤，的确堪称楷模。唐刘禹锡诗云："莫道桑榆晚，为霞尚满天。"诚哉斯言！

古刘卓谨序
二〇一七年九月十九日

聆听良知的呐喊

——读诗集《春草吟》有感

姚子珩

　　刘凯旋先生新诗集《春草吟》即将付梓，嘱我校阅并写点文字。领命归来，有些惶惶生惧。一则刘凯旋先生系名校名师高足，饱读诗书，才学卓越，又事教从文半个世纪以上，功多业精，时久磨砺，其苦吟新作定是心血精品，我仓促妄议恐有诸多埋珠谬语；二则自己才疏学浅，拜读欣赏颇有兴致，但要阐理立说，恐怕难以意达言确。

　　但刘凯旋先生是我的乡友，又是兄长，诚心实意让我写点什么，且为序，高看我的点评拙功，我却之不恭，只好从命而为之。

　　用时一周，细细阅读了诗集三遍。字里行间，真情意切，诗意盎然，画境四溢。仿佛在聆听一个心血澎湃的励志青年言情述志、感愤咏物的呐喊，又仿佛在领悟一位饱经沧桑的贤达长者洞察世情、颖解新哲的演说。不少诗作令我耳目一新，顿开茅塞。

　　全集共分为古体诗词和现代散文诗两部分。是从作者近 5 年创作的 500 多首诗词中筛选出来的 450 多首精品力作。

　　从内容上看，涉及面广，时空跨度大，有歌颂祖国和社会日新月异变化的时政诗歌，如《贺党十八大会议胜利召开》《贺神九号载人飞天》《星城赞》，等等；有点赞英雄情操、匡正驱邪的时风疾呼，如《赞边防战士》《势利眼的哀悯》，等等；有借景抒怀、以游言志的写景咏物即兴诗作，如《游俄罗斯片段（20 首）》《春情》《秋夜》，等等；有以表达爱情、亲情、友情为主题的言情风颂，如《思亲》《恩爱》《怀友》，等等；

还有借某一物体揭示人生哲理的思辨诗词，如《咏新竹》《咏笔》，等等。还可归纳出不少题材类别。总之，在刘凯旋眼中，可以入诗成韵的事物比比皆是，只要是弘扬正能量，宣扬积极向上以正压邪的现象，他皆可调整角度、信手拈来、揉提成篇。一朵生活浪花，一粒闪光微尘，一束思想火花，都可以通过捕捉加工、思维组装、咏吟成传世诗品。

从形式上看，刘凯旋先生以古风、七绝为主题，兼具多牌辞赋。句式整齐，韵脚准确，层次分明，通俗易懂，或许还可以在平仄、音韵上进一步下功夫，在起承转合的递进中还可以多些柳暗花明的艺术缀饰，在形象思维和意境再造中还可以在更深处和更个性化上打造一些亮点艺景。但从总体上说，这本诗集中大多数作品都在内容和形式的完美结合上下了较深的功夫，不乏上乘之作。

特别令人称美的是，这本诗集大多是刘凯旋先生在古稀与耄耋之年间深入采撷、精心观察、认真思考、苦心吟咏，进而诉诸笔端的。其激情之昂、创作之勤、佳作之丰，是一般人难以企及的。

刘凯旋老师醉情于诗词创作之举，或许与当下热衷牌局、专注于闲聊世俗长短的某些时风错拍难融。但他的确为时代特别是为银发族摸索出了一条有为之路，亦堪称强身健脑之标杆。他在晚晴岁月以二十分激情，为社会前进把脉导航，为时代发展呐喊助威，为人类进步勇当推手，为坚守良知而奔走呐喊。这十分难能可贵。

愿当今涌现更多的刘凯旋先生式的呐喊者，也希望在"春草劲长""春风劲吹"的诗坛祠堂里，聆听、接受感染的人群越来越多。

（作者系湖南日报社原副总编辑、高级编辑、享受国务院特殊贡献津贴专家）

自　序

　　《小草吟》于二〇一二年付梓问世后，得到了许多朋友和读者的关怀，给予了令人鼓舞的评价和帮助。盛情难忘，对此，表示衷心的感谢！

　　现实生活是一幅绚丽多彩的画卷，是一个极其宏大的场面。每天都会呈现出许许多多的新鲜事来，特别是在我国伟大的社会主义现代化建设的今天，改革开放，成就辉煌，城乡面貌日新月异，悦目清新，见之有物，闻之有声，感之动人。生活在这样一个时代，我把心扉敞开，目光投入到社会现实，注意观察各个方面，发现其亮点，每当心灵有所触动，我就欣然执笔抒发情怀。

　　回顾近四年多来，我已写了近五百首诗词。其主要内容仍是颂歌、感愤、言情、述志、叙事、写景、纪游、咏物等。大多都是近体诗，古风体较少。而且都是一些即兴之作，当然也是学步之作，没有独特新奇之处。在写作过程中，我深刻体会到：写出一首好诗，填好一首好词，不是一件易事，要狠下功夫。第一，要明确诗来源于社会生活，因此，要不断深入生活，了解社会。不要关门造车、为诗而诗，若脱离社会生活，就难写出好诗来。第二，诗的内容和意境要积极向上。要关心社会，关心人民，与社会生活和人民群众的利益紧紧联系在一起，要把诗当作号角，当作武器和推动力，积极为社会进步，为人民的利益服务，使诗赋予时代精神。第三，要坚持经常学习。不断学习新知识，接受新事物，特别是要多学习一些优秀作品，从中吸取营养，提高思想认识和写作能力。我虽有以上一些粗浅的体会，但由于年迈愚钝，学识浅薄，至今，凡写出来的句子仍难上诗的品位，仍难给人美的享受。主要的问题是：立意不深，缺少形象思维和哲理感悟，缺乏语言精粹和凝练，在用韵、格律方面也不甚严谨。总之，问题仍不少。但我坦言，我所写的诗词，基本上都是现实生活的反映，诗的每一字一句都是我胸怀的袒露，是我心底流出的清泉。因此，我仍坚持将其收集成册。心想：平凡一生，虽无鸿篇留后世，也留点滴在人间。

我常思量我的身位和人生品格与什么物可比，想来想去还是唯小草恰当。因为，小草虽不比松竹高大挺拔，但大地若无它，难尽显清鲜荣茂，小草虽身微力弱，但本性自然，不矫情；它扎根于大地，爱恋沃土，感恩阳光送温暖，感恩雨露滋苗壮；它不惧烈日狂风，永远拥抱春天。明时春光好，我的诗词都是在这美好时代的春天里写成的。是这个伟大的社会主义时代教育我、激励我抒发心声。有感于斯，故我把这本诗词集定名为《春草吟》，与前集《小草吟》结成姊妹篇。愿真情焕发光热，以飨读者。

作 者

二〇一七年九月二十日于长沙

目　录
CONTENTS

01

古体诗词

赞"蛟龙"

——贺我国"蛟龙"号载人潜水器在海沟下潜 7062 米深

二〇一二年六月二十四日

"蛟龙"潜海七千深，
赶美追俄梦变真。
赤县中兴施壮举，
丰功伟绩世人钦。

贺女航天员刘洋乘神九飞天

二〇一二年六月二十五日

赤县尽歌欢，
巾帼逐九天。
刘洋为第一，
广宇谱雄篇。

· 3 ·

贺神九载人飞天

二○一二年六月二十七日

英姿神九逛长空，
交会天宫立大功。
崛起中华添丽色，
鲜花美酒献英雄。

观龙舟赛

二○一二年七月五日

晴明江面彩旗飘，
击鼓龙舟震九霄。
大众追怀贤哲志，
革新求索逞英豪。

古风·星城赞

二〇一二年七月十日

三湘繁荣纵吟豪，星城腾飞领风骚。
改革开放拓宽路，科学创新逐浪高。
经济发展市容变，壮丽傲头宏目标。
街宽道畅树荫绿，群楼高耸入云霄。
麓山①橘洲人潮涌，览胜觅珍歌如潮。
物阜民丰百姓乐，时代骄子数今朝。

注：①麓山，即岳麓山；橘洲，即橘子洲。

记一女战友

二〇一二年七月十八日

月貌花容画里人，
芳年壮志喜从军。
扶伤救死硝烟滚，
誉满归乡永葆春。

赞边防战士

二〇一二年七月二十一日

不慕柔情酒肉多，
钢枪紧握壮怀歌。
忠诚卫国酬宏志，
目注风云鬼魅窝。

古风·如此同志加兄弟

二〇一二年七月二十三日

称言同志兄弟情，
力援抗美河内赢。
谁知小人忘恩义，
侵权霸海闹不停。

人美歌声亮

——赞身残志坚刘赛

二〇一二年七月二十五日

黝鬓花容素雅装，
台前玉立焕春光。
身残志远清喉亮，
曲曲歌声壮故乡。

远眺雾都

二〇一二年七月二十九日

山连山上立高楼，两水夹城滚滚流。
雾敛阁台迎旭日，云开灯火耀春秋。
兵家往昔交锋地，古邑今朝破浪舟。
经济腾飞龙首起，繁荣西部景丰优。

民中行

二〇一二年八月三日

常在民中笑语行，
和颜悦耳纳心声。
识人见物丰收乐，
明理知途再远征。

势利眼的哀悯

二〇一二年八月十日

锐眼识人显妙灵，
身倾势大念头生。
奉承左右图来日，
梦境场场细雨声。

潇湘神·今又愁

二〇一二年八月二十日

今又愁，今又愁。腐贪媚外祸污流。
万众晓知心愤懑，除邪扶正美春秋。

重读《醉翁亭记》

二〇一二年八月二十九日

慕名又读好文章，
字里行间散郁香。
太守欣游山水醉，
官民共乐话情长。

眼儿媚·登山眺望

二〇一二年八月三十日

金浪层层滚连天，风伴送香甜。长空垂碧，山峦叠翠，锦绣无边。

江山巍立红旗展，强国梦得圆。城乡兴盛，明时新色，伟业雄篇。

农村晨景

二〇一二年九月三日

旭日映烟霞，
鸡鸭早起哗。
田园瓜果满，
笑语遍农家。

画堂春·贺党十八大会议胜利召开

二〇一二年九月十日

莺歌燕舞喜春秋，百花放艳神州。为民立党壮心求。创业争优。

素景群贤会聚，谋商发展鸿猷。国强民富傲龙头。万代民讴。

巫山一段云·趣游山村

二〇一二年九月十二日

伴友逢晴日，乡间作趣游。水光山色亮金秋，今世乐悠悠。

岭寨歌声爽，村民五谷收。牛羊瓜果满山头，绘画作诗留。

江南春·观东南海局势

二○一二年九月十五日

风啸啸，浪汹汹。东南妖气起，阴雾罩晴空。
难容敌占吾疆土，华夏挥拳除害蜚。

山城随感

二○一二年九月十七日

碧水东流峻岭苍，山城处处好风光。
登高望远精神爽，把酒欢歌赞小康。

古风·不忘血泪仇

——纪念"九·一八"事变八十一周年

二〇一二年九月十八日

警钟长鸣告世间，勿忘八十一年前。
日寇侵犯我国土，烧杀掠夺罪滔天。
艰苦抗战血和泪，人民胜利天下欢。
妖魔失败心不死，参拜神社鬼魂还。
哄骗蒙童抹罪孽，呼应台独居心奸。
与美结盟似疯犬，挑衅中韩势嚣喧。
保卫岛屿是正道，寸土不让固疆边。
万众一心团结紧，驱散乌云出重拳。
卢沟晓月光辉在，牢记国耻万古传。

秋 景

二〇一二年九月二十一日

百花放艳日增辉，
万里晴空雁阵飞。
赤县欣荣观万景，
频吟丽句醉千杯。

农村小景

二〇一二年九月二十三日

秋风煦煦入农家，
笑靥芙蕖映彩霞。
啼鸟群欢扬妙曲，
田园瓜果挤枝斜。

秋夜随感

二〇一二年九月二十五日

缕缕清风丹桂香，
楼台对月话衷肠。
回眸万里征程远，
无愧男儿志四方。

漫步见闻

二○一二年九月二十八日

翁婆漫步小溪桥，
迎面秋阳气爽高。
远看翩翩如蝶舞，
近听对唱趣童谣。

随　感

二○一二年九月三十日

楼台四面好风光，
景美茗香兴味长。
纸墨芬芳敲韵句，
称扬雁阵奋高翔。

悯 农

二〇一二年十月五日

耕耘日日晚收工，
风雨田间弯背弓。
汗水勤浇千亩稻，
豪门一席便成空。

赞老干部大学

——庆祝湖南老干部大学成立二十五周年

二〇一二年十月十一日

高楼日照气昂然，桃李芬芳满丽园。
皓首求知排座次，专心习练返童颜。
挥毫泼墨龙腾舞，击鼓吟歌虎啸天。
党送关怀明引路，师生志远谱雄篇。

访边城（三首）

二〇一二年十月二十日

一

跨谷翻山虎跃行，层峦霞映日西倾。

风光旖旎赏心目，溢彩城乡百业兴。

二

山城盛誉亮神州，翠岭清流胜画优。

三省同心谋伟业，今朝百姓赞春秋。

三

柔情酉水向东流，两岸奇观吊脚楼。

古巷风姿生异彩，游人赏景涌街头。

注：边城位于湖南、重庆、贵州三省市接壤地。

游万溶江感怀（二首）

二〇一二年十月二十八日

一

苗歌曲曲远扬名，
抗日群英聚古城。
碧浪东流言往事，
今朝水笑乐升平。

二

昔日狂涛怒吼声，
今迎众客漾柔情。
金歌史迹呈奇彩，
乐在人间润物生。

注：抗日战争时期，万溶江畔乾州古城曾是外地英才聚集之地。国务院前总理朱镕基等人就曾到此地学习、生活过。

游乾州古城即兴（二首）

二〇一二年十月二十九日

一

名城日照丽颜开，
八面宾朋喜涌来。
览胜寻珍心欲醉，
吟歌一路上高台。

二

张灯结彩喜阳春，
玉阁琼楼艳丽新。
水笑山吟神韵美，
名城昂首小康奔。

古风·骄为中国人

二〇一二年十一月五日

龙人丽质热血心，昂首挺身顶万钧。

众志成城谋伟业，强国富民梦成真。

扶弱济贫行天下，世界林中受人尊。

西方阴沉神州亮，别地寒冬吾处春。

目睹世界喜忧事，独我龙腾万马奔。

山水乐

二〇一二年十一月八日

青山映碧流，

水笑荡轻舟。

两岸丰收乐，

弦歌咏九州。

古风·悼念谢毅才同志

二〇一二年十一月十日

雨泣花落苍穹寒，孤帆远去梦魂牵。
杏坛耕耘君倾力，培育桃李满春园。
傲骨高风昭日月，功垂丹青启后贤。
离情缕缕送尔走，管竹鲜花伴君安。

赞第一

二〇一二年十一月十五日

春风杨柳艳阳天，
燕舞莺歌喜报传。
开放革新丰硕果，
产权专利九州先。

注：据新华社日内瓦二〇一二年十二月十一日电（记者：王昭、王礼陈）：世界知识产权组织十一日在日内瓦发布报告显示：中国已成为全球第一大专利申请国。

致国雅赠诗

二〇一二年十二月十六日

雅韵频传众畅欢，
深情祝嘏重金山。
欣逢盛世同长乐，
福寿双全二百年。

革命纪念馆观感

二〇一二年十二月十九日

巍峨展馆倚青山，
步入欣观史事篇。
创业辉煌英烈血，
鸣钟继志祭先贤。

自　信

二〇一二年十二月二十日

杞者忧天枉自煎，
云收雨霁百花妍。
人寰恼事诸般有，
一笑春光四海间。

访关山村（四首）

二〇一二年十二月二十八日

一

慕名结队访山村，山舞银蛇迎客亲。
车绕弯坡观秀景，长篇画卷醉人心。

二

处处欢颜热气腾，家家五谷每丰登。
从前草舍均无影，此日层楼管竹声。

三

人车往返彩旗飘，开放革新逐浪高。
厂馆园林公路网，山乡骄子壮今朝。

四

穷村变富耀春光，政府为民好主张。
万众齐心谋大业，城乡一体美名扬。

迎新年

二〇一三年元旦

山河壮丽气高昂，
旭日东升赫赫光。
虎跃龙腾新岁禧，
神州又谱好华章。

观雪即兴

二〇一三年元月五日

银花曼舞乐尧天，
秀野新姿景万千。
天地吟歌吾国盛，
前程锦绣美人间。

访望城某敬老院

二〇一三年元月十二日

座座楼庭热气腾，
群群皓首寿明星。
花香鸟语仙居处，
盛世风光怡众生。

神州春光

——祝全国两会胜利召开

二〇一五年三月十三日

风和燕舞艳阳天，
柳绿花红美大千。
悦目神州添胜景，
高歌奏捷挂征帆。

望湘江感怀

二〇一三年元月十九日

碧浪豪吟奔远方，
苍山霞映雁高翔。
城乡岁岁添妍色，
哪处奇观比此强！

山村一景

二〇一三年二月二日

翠柏丛中几小楼，
花香鸟语赞春秋。
新春满院添新色，
悦目城乡美景收。

听　歌

二〇一三年二月五日

悦耳歌声远处来，
轻风细浪动情怀。
东村喜事人心醉，
岁岁丰收笑口开。

古风·访张家界市

二〇一三年二月十日

昔日百户小县城，今朝世变面陌生。
群楼高耸近天际，街宽纵横树常青。
天空地上交通网，四海游宾日日增。
澧水欢歌兴伟业，天门山麓聚群英。
改革开放结硕果，武陵傲首再飞腾。

古风·赞我国五十六个民族一家亲

二〇一三年二月十三日

自古中华多族群，五十六个姐妹亲。
时时代代团结紧，祖祖辈辈心连心。
艰苦卓越战风雨，勤劳生息繁子孙。
高举红旗跟党走，改天换地定乾坤。
宏开辟径施大计，富国强军小康奔。
载歌翩舞同欢乐，热爱家园面貌新。
交朋结友讲平等，合作共赢互相尊。
忠义仁爱施大德，扶弱济贫送芳馨。
朋友来了敬好酒，恶狼来犯烈火焚。
华夏耸立荣天下，追求大同志永存。

致澧水

二〇一三年二月十四日

碧浪迎风绕翠山，
长流大地百花妍。
功高惠世苍生禧，
千古放歌不朽篇。

观元宵节灯会即兴

二〇一三年二月二十四日

银花火树映苍穹，
狮舞龙腾颂国荣。
水笑山欢迎丽日，
今朝又喜杜鹃红。

环保即景

二〇一三年二月二十六日

大地绿无边，
清流百卉妍。
城乡新景色，
画卷美人间。

赞护士

二〇一三年二月二十八日

轻步和颜美若霞，
红心壮志献医家。
扶伤救死称天使，
大爱荣光百姓夸。

燕 归

二〇一三年三月六日

阳春三月杜鹃开，
又见屋檐紫燕来。
不忘情深安乐处，
荣归故里喜胸怀。

春 芽

二〇一三年三月九日

逢春草木发新芽，
初露身微色不佳。
巧手扶持繁茂日，
山川秀丽映丹霞。

白纸吟

二〇一三年三月十一日

抒怀亮洁白无瑕，
绘画习文大众夸。
赫赫其功荣岁月，
甘为墨客显才华。

峰　云

二〇一三年三月十六日

群峰滴翠玉肌身，
欲亮新装会贵君。
天女悉知山岭意，
欣将雾縠作罗裙。

空巢寒

二○一三年三月二十日

雏鹰展翅远程飞，
异地辛劳久未归。
悯恤巢孤熬冷寂，
长吟望月泪花垂。

归巢欢

二○一三年三月二十八日

身来远域梦魂牵，
忧悒巢孤岁月艰。
日日辛劳为早返，
繁荣故里举杯欢。

春曲（二首）

二〇一三年四月十日

一

大地春和喜气洋，寻芳旷野换新装。

青山绿水永相伴，百鸟双飞笃爱长。

二

云霞秀野伴花香，燕舞莺歌妙曲扬。

朗照平畴机器响，豪吟岁岁好风光。

鹧鸪天·芦山地震

二〇一三年四月二十日

地裂山崩雨夜寒，城摧村毁断炊烟。

灾情惨重江河泣，党政军民力顶天。

强忍泪，克艰难，同心协力建家园。

八方救助红旗展，共绘人间锦绣篇。

自　愧

二〇一三年四月二十三日

笛长气短韵无华，
点墨描花色不佳。
偶有残篇收雅卷，
心愧笔拙对方家。

花月情

二〇一三年四月二十八日

月花映衬忌相猜，
脉脉含情醉酒来。
美好人间歌一曲，
天涯海角不分开。

赞桑植民歌

二〇一三年五月十日

崇山秀水尽英才,
美妙民谣唱不衰。
男女人人歌圣手,
高亢阔步富门开。

访泸溪浦市古镇

二〇一三年五月十三日

依江古镇酒茶楼,
商业兴衰风雨稠。
深巷雕梁朱墨在,
奇辉史迹美春秋。

观雁阵

二○一三年五月十七日

雨霁长空白絮飞，
高歌振翅沐春晖。
精神爽朗严编队，
万里征程壮志追。

欢呼神十飞天

二○一三年六月十一日

神十昂然上碧天，
肩担重任谱新篇。
太空探索强邦业，
赤县豪吟好梦圆。

太常引·乡愁

二〇一三年六月十五日

远离家乡六十春秋，难断我乡愁。

期盼在心头，与老友，欢言不休。

　　常思故里，田园景秀，五谷每丰收。

赞美亮歌喉，诉情愫，全身热流。

咏解放鞋

二〇一三年六月二十一日

轻柔便捷迈征程，

踏破关山正气腾。

你我昂然同立誓，

河边不湿保风情。

渔歌子·咏手机

二〇一三年六月二十四日

小块银屏览五洲，神通博大说春秋。
招人爱，解心求。消息快递惠民优。

赞孝德

二〇一三年六月二十六日

中华自古美言传，
孝敬翁婆子女贤。
代代承欢施大德，
和谐社会福无边。

欣闻伟杰考取大学

二〇一三年八月二十七日

金榜题名喜报来，
亲朋好友笑颜开。
豪情志远今圆梦，
期盼鹏程更壮怀。

寄　语

——赠伟杰
二〇一三年八月二十七日

志者求知苦作舟，
情投学海看春秋。
苍天①喜爱英才现，
厚德博才壮九州。

注：①苍天，意指人民和国家。

木偶戏观感

二〇一三年八月三十日

衣冠楚楚唱词纷，
百态千姿貌似真。
叹惋身腔无肺胆，
声情毕现靠他人。

注：仅将此诗奉送给帝国主义的附庸及世间某些人。

追　求

二〇一三年九月一日

人生快乐是追求，
历雨经风志不休。
自古贤明传美誉，
唯为九域谱春秋。

赞服务中心

二〇一三年九月三日

服务亲情美誉传，
千家跷指笑盈颜。
和谐画景交相映，
此地安居乐似仙。

丹桂香

二〇一三年九月八日

绿叶丫枝粒粒金，
秋来韵味动情深。
平生不比春花艳，
意兴飘香却醉人。

戒　骄

二〇一三年九月十一日

即使雄才勿自骄，
他方更有大英豪。
谦虚谨慎征程远，
来日风光耀九霄。

荷村见闻

二〇一三年九月十六日

荷塘艳朵远飘香，
水秀山清似画廊。
往日穷乡今富地，
年年改革谱华章。

观　景

二〇一三年九月十八日

眺望山川赤绿黄，
长空过雁喜秋阳。
城乡画册添新彩，
更美风光在远乡。

赞公交车司机（二首）

二〇一三年九月二十一日

一

来来去去大街行，载客多多数不清。
日起出车观月落，心怀万众八方情。

二

当班不记几车程，有我安全目的行。
酷热饥寒何所惧，春风谱曲颂升平。

古柏赞

二〇一三年九月二十五日

威仪耸立大山前，四季苍苍似少年。
粗干坚根迎雨雪，繁枝茂叶接云天。
烽烟血染腾豪气，故事风传颂俊贤。
历尽沧桑存壮志，中华强盛梦魂牵。

行美德

二〇一三年九月二十七日

节约勤劳赤县宗，
艰辛创业美德崇。
国强民富中华梦，
奋进神州世界雄。

题环保

二〇一三年九月二十九日

昨日百花丛，
今无绿色踪。
牛羊求水草，
小鸟梦林荣。

人月圆·贺国庆六十四周年

二〇一三年十月一日

高歌豪迈迎华诞，祖国似青年。峥嵘岁月，
艰辛创业，已换人间。
繁荣经济，国强民富，疆固宁安。
莺歌燕舞，江山锦绣，盛世春天。

九九重阳

二〇一三年十月三日

金秋朗照桂花香，
又见城乡处处忙。
岁岁丰收民众喜，
兴邦创业建辉煌。

题木芙蓉

二〇一三年十月十九日

朵朵扶疏越女颜，
枝枝招展动人欢。
春时隐面深闺处，
素景欣然敬俊贤。

梅溪湖即景

二〇一三年十月二十一日

叠翠山峦绕白云,
平湖秀色画中春。
琼楼玉宇霞光映,
笑语瑶台快乐人。

观夜景

二〇一三年十月二十三日

漫步大江边,
奇观不夜天。
辉煌诗与画,
一望自陶然。

瞻仰黄兴铜像即兴

（铜像立于黄兴路步行街）
二〇一三年十月二十五日

一路风尘远道来，
武昌奏凯喜颜开。
艰辛誓把江山改，
创业兴邦志满怀。

梦　趣

二〇一三年十一月五日

有幸平生站杏坛，
培桃育李护花妍。
多年歇剪心仍念，
梦里常回圃苑间。

访常宁油茶基地即兴（三首）

二〇一三年十一月八日

一

结队车行绕翠山，
千峰洒落白云间。
娱情悦目珍稀地，
誉美风情醉八仙。

二

飘香野岭尽油茶，
翠叶银花映彩霞。
豪叹奇观真富地，
惠民万代放光华。

三

三湘大地聚英雄，
勇克艰难几万重。
造物群山油海地，
兴邦创业建奇功。

露 珠

二〇一三年十一月九日

珍珠悦目亮晶晶，
玉体真情献爱心。
润物洗尘花木壮，
欣为大地物华新。

乘船东行

二〇一三年十一月十一日

朗日船行绕翠山，
春风笑语碧波间。
悠悠曲水东流去，
一路欢歌赞大千。

访常宁印山

二〇一三年十一月十二日

嶙峋怪石映霞烟，
镌刻名章誉印山。
古朴奇辉扬四海，
中华玮宝壮尧天。

赞义士

二〇一三年十一月十五日

侠肝义胆助人欢，
扶正祛邪勇向前。
路见豺狼挥利剑，
欣为弱者保平安。

老农乐

二〇一三年十一月十八日

楼前哼曲乐居安，
鏖战棋盘趣语欢。
米酒三杯刚下肚，
说今论事赞清官。

贺桃枝七十七华诞

二〇一三年十月六日

鲜花蛋面送君前，
福寿无边喜事添。
燕舞莺歌迎丽日，
八仙过海贺佳篇。

悼念谭博文同学（三首）

二〇一三年十二月十日

一

麓山学府遇贤君，地道乡音你我亲。
毕业别离酬壮志，欣援北域好阳春。

二

风雨征程五十年，君荣高位誉良贤。
为民尽瘁功煊赫，名著鸿篇耀世间。

三

噩耗惊雷欲断魂，今生难见泪沾襟。
风清德厚昭星月，百世流芳启后昆。

贺元旦

二〇一四年元旦

岁岁耀辉煌，
中华渐富强。
登高迎旭日，
又赞好风光。

阮郎归·会友

二〇一四年元月五日

忆峥嵘岁月欣然。传知乐杏坛。看春园朵朵芳妍。英才数百千。

多少事，历艰难。苦中自有欢。革新开放福无边。尔吾寿百年。

骆驼赞

二〇一四年元月七日

千斤背负踏歌行，
越漠翻丘路踩平。
每遇风沙仍傲首，
一生苦力见忠诚。

天　路

二〇一四年元月十日

遥遥大道入云端，
十八弯弯秀色添。
致富通途山水变，
称扬此处画中妍。

念奴娇·忆少年

二〇一四年元月十五日

少年岁月，足行遍山野，背筐挖蕨。寻野果长时不歇，如洗家贫粮绝。冬日衣单，全身凛冽，穷苦活悲切。尔曾记否？小桥唉叹离别。

常忆旧世春秋，酸甜苦辣，诸味人难缺。血泪人生熬日夜，早已向人辞别。幸福今朝，誓酬壮志，创建功奇绝。保持廉洁，树高风立邦业。

返乡梦（二首）

二〇一四年元月十八日

一

梦里归田越翠山，观光野岭尽梯田。
新楼座座林中隐，笑语乡音近耳边。

二

鸟语花香岭寨间，今回故里众亲欢。
受邀晚宴三杯酒，众诉年年喜事添。

渔家傲·忆修京广复线

二〇一四年元月二十日

　　大跃进风高浪激。修京广路书生集。气势壮观如战役。
争朝夕。战天斗地英雄帜。
　　挖运土方行速急。千钧夯滚拼全力。露宿野餐神采奕。
身汗溢。龙腾虎跃歌奇迹。

赞厨师

二〇一四年元月二十五日

日日锅台转，
精工美味餐。
辛劳为众乐，
妙艺有承传。

为子女

二〇一四年元月二十七日

岗休岁岁却无休，
家事多多汗水流。
自古人生情可贵，
欣为子女美春秋。

过春节

二〇一四年元月三十日

美酒浓香敬四方，
豪情古韵远传扬。
同心演奏中华梦，
骏马飞腾奔小康。

迎 春

二〇一四年二月二日

千峰挂翠衫，
万壑滚云烟。
布谷催春到，
高歌骏马年。

井 蛙

二〇一四年二月四日

呱呱自语不嫌多，
坐地观天比小锅。
守旧安然夸井阔，
江河一见大惊呵。

致车昭贵同志

二〇一四年二月六日

贤良气壮勿疑猜，
坦荡豪情永不衰。
冰雪风寒终已过，
春花朵朵向君开。

赠周木元同志

——读《启蒙篇》七、八集感言
二〇一四年二月八日

春华仍旧显英雄，
雅韵华章意蕴浓。
盛世风光君作画，
三湘吐秀一枝红。

观雪感怀

二〇一四年二月十日

长空呼啸絮花飘，
万里江山气势豪。
素裹银装龙起舞，
多多喜事领风骚。

渔歌子·赞交警

二〇一四年二月十二日

酷暑寒冬立路中，往来车拥显从容。
挥手语，护车龙，平安百姓赞英雄。

心语·为人处世

二〇一四年二月十五日

待人诚恳众颜开，
做事无虚赞誉来。
自古人生行正道，
春花灿烂畅情怀。

江南春·春雨

二〇一四年二月十七日

来喜雨，扫残冬。江山新景象，遍地艳花丛。
忧今天下多灾事，观我神州春意浓。

浣溪沙·重逢

二○一四年二月二十日

　　老友欣逢话似泉，欢声喜饮忆当年，艰辛创业写歌篇。

　　倾力为民心畅乐，富民强国气昂然，豪吟今醉在人间。

山　魂

二○一四年二月二十三日

　　岱岳巍峨亿万年，
　　烟霞翠嶂美奇观。
　　经风历雨峥嵘秀，
　　焕彩雄浑壮舜天。

思　亲

二○一四年二月二十六日

云深久雨寒，
切莫戴穿单。
远望千里外，
祈君体健安。

读甲午战争史感言

——纪念甲午中日战争一百二十周年
二○一四年二月二十八日

甲午风云心恨痛，
龙腾狮醒史鸣钟。
如逢宿敌掀汹浪，
定叫身亡葬海中。

湘西行

二○一四年三月一日

身临处处好阳春，
悦耳随听笑语亲。
赏目城乡山水乐，
羞投心力作诗频。

心　志

二○一四年三月三日

不作小爬虫，
要成扫恶龙。
高瞻新世界，
秉志露峥嵘。

缅怀英烈

二〇一四年三月五日

时逢三月杜鹃啼，
祭奠忠魂同日辉。
血染鲜花齐放艳，
先驱梦愿后人追。

晴　日

二〇一四年三月十日

雨霁阳光雾幕开，
怀春鸟对诉情怀。
层峦叠翠山花艳，
水上楫舟结队来。

致人民代表

二〇一四年三月十一日

代表民心誉俊贤，
千斤重担勇挑肩。
兴邦创业谋良策，
不愧鲜花挂尔前。

古风·斥忘恩负义

二〇一四年三月十三日

儿不嫌母丑，狗不厌家贫。
人间重道义，美誉贯古今。
可恨祸地鼠，身肥不知恩。
百姓养育大，媚外盗万金。

忧农事

二○一四年三月十六日

紫燕春回比翼来，
农家夫妇远当差。
良田亩亩荒丛草，
杜宇声啼伤感哉。

田　蛙

二○一四年三月十八日

游弋田间日不暇，
禾苗护佑喜农家。
平生秉正除虫害，
代代功高众口夸。

清明遥祭

二〇一四年清明节

轻寒细雨倍思亲，
寸草春晖泪满襟。
父母音容常映现，
心香一炷祭先人。

春　潮

二〇一四年三月二十日

泉水涓涓乐自流，
欣荣草木遍清幽。
山欢会笑鸣新曲，
万马奔腾壮九州。

春游即兴

二〇一四年三月二十二日

青山漫步浴春风，
秀野花香色不同。
姹紫嫣红芳泽地，
明时绮丽醉心中。

西江月·揪心

二〇一四年三月二十四日

噩讯惊天呼啸，航班音断形消。驾机哪处落荒郊？
祝祷亲人安好。

救险海空巡哨，费心耗力眉烧。排难要找众同胞，
大爱熙阳光照。

注：马来西亚航班失踪事件。2014 年 3 月 8 日凌晨 2 点 40
分，马来西亚航空公司称，有一架载有 239 人的波音 777－200 飞
机与管制中心失去联系，该飞机航班号为 MH370，原定由吉隆坡
飞往北京。该飞机本应于北京时间 2014 年 3 月 8 日 6 点 30 分抵

达北京，马来西亚当地时间 2014 年 3 月 8 日凌晨 2 点 40 分与管制中心失去联系。马航已经启动救援和联络机制寻找该飞机。

失去联络的客机上载有 227 名乘客（包括两名婴儿）和 12 名机组人员，其中有 154 名中国人（中国大陆 153 人，成人 152 人和 1 名 1 岁婴儿，中国台湾 1 人）。失去联络的原因正在调查之中。

一场揪心的"失踪"，MH370 万米高空突然消失，茫茫大海无处寻踪。我们暂不点蜡烛，让我们为失联者祈祷平安。

忆挑担子

二〇一四年四月一日

兴味忆当年，
肩挑百重担。
层山皆跨越，
笑醉苦中甜。

生日吟

二〇一四年四月七日

独杯小饮醉心田，
不怨匆匆到暮年。
昨梦人生归去处，
灰肥百卉满芳原。

欣 叹

二〇一四年四月八日

旖旎风光赤县天，
开怀醉赏百花妍。
斜阳白发临幽境，
谁愿人生到暮年！

田园即景

二〇一四年四月十一日

山花烂漫燕双飞，
潋滟湖光岸柳垂。
彩蝶寻芳忙不止，
村姑亮嗓喜春晖。

暗　香

二〇一四年四月十五日

婆娑叶影晃窗台，
朵朵鲜花伴月开。
梦里吟芳裁字句，
是缘茉莉郁香来。

贺地铁二号线通车

　　——二〇一四年四月二十九日是一个可载入史册的日子，这一天长沙市步入了地铁时代。使长沙市交通纵横八达，城市将更加繁荣。实为可贺！

二〇一四年四月二十九日

美丽长沙乐世间，
又添喜事谱新篇。
铁龙呼啸驰城底，
八面通途策马鞭。

听鸟语

二〇一四年五月二日

夕照丛林妙曲扬，
成双小鸟话情长。
喳喳细道倾心语，
爱慕夫妻百岁芳。

春　情

二〇一四年五月六日

迎风袅袅柳丝长，
紫燕呢喃比翼双。
情侣岸边悄语久，
松贞玉洁咏花香。

月下抒怀

二〇一四年五月十日

玉兔银光耀九州，
千家万户喜清秋。
明灯朗照前程路，
强盛中华壮志酬。

瞻仰杨开慧烈士塑像

二〇一四年五月十三日

千秋万代颂骄杨，
铁骨忠魂感上苍。
巾帼英名留史册，
中华大地耀荣光。

甲午风云

——纪念甲午中日战争120周年

二○一四年五月十五日

史料填胸血涌腔，烽烟海起日猖狂。

清廷战败赔银锭，马款①逼签割土疆。

倭寇侵凌民苦痛，豺狼蹂躏罪昭彰。

睡狮觉醒东方亮，壮志昂然立国强。

注：①马款指《马关条约》。

访山乡

二○一四年五月十八日

山清水秀映苍穹，翠竹弯溪栋宇重。

岭下心高人语爽，田间气壮野花红。

村村创业图文美，寨寨生财果树荣。

翁妪堂中哼小曲，欣然赞寿百年松。

山乡人家

二〇一四年五月二十一日

青松翠竹映高村，半掩新楼绿幔裙。
舍后岑山瓜果满，屋前秀水鹭鸥亲。
莺啼燕舞兴农乐，女作男耕致富欣。
一幅天然奇丽画，灿然赏目感骚人。

打鱼船

二〇一四年五月二十七日

晨起划舟披紫霞，
晚归满载日晖斜。
天天苦战风涛里，
致富高歌载誉花。

苗乡见闻其事（五首）

二〇一四年六月二日

一　赶集

乡风赶集饰苗装，四面相逢喜若狂。
买卖兴隆逢盛世，传杯坐地话家常。

二　找配偶

男群女众赶边场，银饰苗装笑语扬。
夜幕来临清嗓亮，对歌中意便成双。

三　苗家姑娘

（一）

头巾盘绕似莲冠，彩绣银装越女颜，
步履轻盈如紫燕，高坡妙曲彻云天。

（二）

竹楼花绣若天仙，种地知书样样全。
仰慕苗家多靓女，山乡致富赶人先。

四 女力士

粮筐重百上双肩，越涧翻山气爽然。
远看疑如男力士，近观绝世靓姑仙。

注：在苗乡每逢赶集，妙龄男女精心打扮，或乘车或步行至集镇亮相。他（她）们三五成群在集镇玩，至夜幕降临，待其他人散去后，便开始对歌相识，双方中意，便成恋人。苗乡民众称这种找对象的方式为"赶边边场"。

警钟长鸣

——纪念第一次世界大战百周年
二〇一四年七月十日

惊天大战百周年，
帝国瓜分世界残。
细阅人间灾难史，
警钟鸣示勿从前。

游俄罗斯片断（组诗：二十二首）

二〇一四年七月二十二日乘机到京，二十三日随旅游团到俄罗斯观光，先到圣彼得堡，后至莫斯科。初到俄罗斯怀着一种探视、观察和学习的心情。九天时间，虽是走马观花，但所见所闻颇有些感受，现将一些片断记述如下：

一　远航异域

银燕轻歌入九霄，迎霞气爽亮风骚。

今朝展翅访他域，遍览春秋世界潮。

二　高空观景

雄鹰载我似天神，万米高空看世尘。

异彩纷呈收眼底，青峰秀岭物华新。

三　路遥感怀

异国遨游路漫长，远行哪处是边疆。

沙皇扩地魔功力，剑影刀光史料详。

四　和谐

城乡处处鸽成群，觅食相逢不怕人。
好客连连来靠近，和亲密意倍温馨。

五　游圣彼得堡（苏联时期名为列宁格勒）

名城古堡好风光，胜迹斑斓溢郁芳。
建筑形奇荣国盛，红旗十月史诗章。

六　埃尔米塔什博物馆（冬宫）观感

冬宫著世美名传，金碧辉煌悦目鲜。
帝制君王回宝座，难寻十月赤旗天。

七　观《阿芙乐尔》号巡洋舰

欣观巨舰炮身雄，十月头功史记荣。
威赫能征今尚在，吟歌气壮贯长虹。

八　访普希金故居感怀

巨匠吟歌盖世章，行间字里自由光。
千秋万代人传颂，岁岁阳春溢郁芳。

九 芬兰湾即景

茫茫大海望无涯，白浪飞舟景色佳。
燕击长空心致远，游人悦目看丹霞。

十 漫步涅瓦河畔即兴

琼楼碧水映丹霞，林翠花香鸟语哗。
巨舰轻舟齐破浪，清江锦绣誉天涯。

十一 麻雀山观景

欣然结队访名山，俯瞰城楼景万千。
览胜寻芳多异彩，文明正气美人间。

十二 游览列宁山·莫斯科大学

广厦琼楼映紫霞，巍巍学府世人夸。
培桃育李春园满，卫国兴邦业绩佳。

十三 仰观二战胜利广场历史纪念碑

红旗漫卷映长空，塔座浮雕战火红。
勇士冲锋敌丧胆，挥戈卫国建奇功。

十四 游莫斯科红场即兴

红墙耸峙壮奇观，殿塔高尖接云天。
醒目红星光闪耀，真诠史事喜当年。

十五 瞻仰朱可夫雕像

挥戈立马灭凶狂，卫国兴邦名远扬。
卓著功勋留史册，启思后辈学忠良。

十六 谒列宁墓

（一）

迢迢万里谒灵堂，一束鲜花表意长。
领袖安眠仙境里，齐辉日月颂歌扬。

（二）

领航辟路赤旗扬，巨著雄文不朽章。
解放工农酬壮志，功高岱岳永流芳。

十七 谒斯大林墓感怀

二战功高殊誉扬，振兴经济创辉煌。
联盟立国威天下，憾叹归西墓冢荒。

十八　俄罗斯乡间风光

（一）

青山碧水映霞光，绿野无边畜牧庄。
犹似鸡棚群木舍，欢声笑语面包香。

（二）

放眼村村立教堂，雕梁画栋闪金光。
人人早晚经书诵，祈盼花香福久长。

十九　回国途中观云涛

暗雾凌空惊觉凉，云涛滚滚似翻江。
天公造景多奇幻，悦目丹霞不远方。

二十　祖国上空俯望

俯望山河壮气扬，城乡遍处耀辉煌。
富民强国中华梦，远志高情谱巨章。

南京二届青奥运动会开幕观感

二○一四年八月二十日

中华奋跃艳阳天，创业兴邦喜事添。
古邑宾朋增厚谊，青年奥运谱新篇。
恢宏气势惊天下，妙幻奇观壮世间。
共建和平齐迈步，同追梦愿力扬帆。

椠梨镇即景

二○一四年八月二十三日

青山绿水映霞天，
人往车来民众欢。
倩影红妆花竞秀，
河清海晏美人间。

心　语

二〇一四年九月一日

困苦自心忧，
功亏感愧羞。
英雄知往哲，
含笑志将酬。

秋　夜

二〇一四年九月三日

玉魄当空地满霜，
山河壮丽桂飘香。
今时把盏吟秋韵，
遍处生辉劲曲扬。

百姓惦念着的好医生（四首）

二〇一四年九月五日

邹雁宾、童灿霞两同志虽已离开原工作过的山区多年了，但那里的百姓仍惦念着，并常传颂着他们的件件优秀事迹，悦耳动听，感人肺腑。此诗即根据桑植县陈家河区广大人民群众，及永顺、龙山两县边寨村民传颂的事实而写。

一

比翼齐飞眺远方，支边落户僻山乡。
经风历雨英姿爽，大爱豪情感上苍。①

注：①意指平民百姓。

二

跋山涉水乐无涯，救死扶伤入万家。
望问闻切查宿疾，中西妙术众人夸。

三

芸芸患者似亲人，用药开单抚恤心。
省币病除传笑语，频频枯木又逢春。

四

僻远山区盛誉传，华佗再世壮医坛。
悬壶气正扬金曲，景仰丰碑耀世间。

重　阳

二〇一四年九月九日

佳节喜洋洋，
菊黄分外香。
村村丰五谷，
户户赞仙乡。

游峒河古街即兴

二〇一四年九月九日

逢暇揽胜往来频，
漫步城街看古今。
画栋琼楼添丽色，
清流两岸好诗文。

致园丁（二首）

二〇一四年九月十日教师节

一

幼苗满圃喜阳春，
壮细参差色彩新。
一视同仁严护佑，
倾心浇灌育成林。

二

小小花苗欲长高，
于今雪厚压弯腰。
期求减负轻身爽，
苗壮高昂上九霄。

古村春风

二〇一四年九月十四日

秀岭溪旁百户村，长年相处睦邻亲。
群居户户无邪念，久敞门窗不失金。
敬老尊师兴善事，邀朋唤友建新村。
女男守节文明史，美德传承总是春。

咏秋景

二〇一四年九月十八日

清江秀岭画图开，
翠竹黄花入眼来。
大地纷呈新色彩，
城乡一体似蓬莱。

咏秋菊

二○一四年九月二十一日

柔情洁骨喜山川，
亦住闲庭秀阁间。
朵朵争妍环境美，
清香玉貌国人欢。

古风·赞草鞋功劳

二○一四年九月二十三日

草麻搓编体无华，久在贫苦百姓家。
农民穿行度岁月，往返田地稻桑茶。
五谷丰收心自乐，称佳宝物跷指夸。
红军穿走长征路，跋山涉水凯歌哗。
队伍歼敌倾天力，革命胜利建国家。
双双草鞋留青史，功劳卓绝誉天涯。

浣溪沙·参观里耶秦简

二〇一四年九月二十六日

　　酉水东流笑语欢，武陵巍立舞
蹁跹，里耶古井现奇观。
　　三万六千秦竹简，鸿篇巨制
浩繁妍，辉煌史籍壮人间。

观风云

二〇一四年九月二十七日

　　登高极目看风云，
　　久愿清平世界新。
　　又是狼烟多处起，
　　星条旗国祸殃根。

咏 笔

二〇一四年九月二十八日

欣逢久伴变知音，
情动春风妙语新。
句趣意深兵马动，
雄文巨著见乾坤。

赞烈士纪念日（二首）

二〇一四年九月三十日

——为缅怀先烈，教育后人。全国人民代表大会决定：将每年的九月三十日定为《烈士纪念日》，这一天，全国县市以上单位均开展纪念活动。人大这一决定意义重大、深远，得到了全国人民热烈拥护。闻之欣慰。

一

昔日中华苦难多，贫穷百姓受煎磨。
英雄洒血兴邦业，巨力翻天谱凯歌。

二

饮水思源立墓前，鲜花盏酒祭先贤。
常思烈士英雄史，继往开来景更妍。

冬 暖

二〇一四年十月八日

任便寒冬雨雪狂，
今居栋宇福宁长。
改革开放生活变，
致富人人赞小康。

游黄鹤楼感怀

二〇一四年十月十日

巍然耸立誉名楼，
久伴江天壮九州。
阅历中举多史事，
英雄热血美春秋。

忆江南·中国梦

二〇一四年十月十二日

　　千年梦，美好动人心。一幅仙乡奇丽境，
图强圆梦往前奔。何惧路艰辛。
　　宏图愿，华夏放强音。创业兴邦鸣劲曲，
强军富国建奇勋。看锦绣乾坤。

观赏根雕即兴

二〇一四年十月十五日

　　出土盘根劲节新，
　　惜才智士细雕身。
　　飞禽走兽生情趣，
　　百态千姿稀世珍。

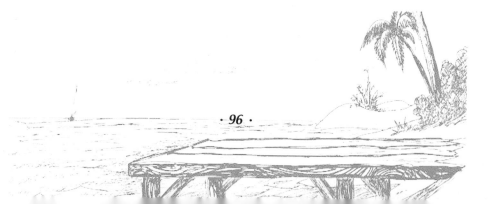

秋 兴

二〇一四年十月十八日

平川无际稻金黄，
雁阵长空唱远航。
大地花红人畅意，
金秋处处好风光。

乡游乐

二〇一四年十月二十日

秋高气爽涧流清，
翠岭红枫画色明。
触景生情豪韵涌，
欣然亮嗓放心声。

唱国歌

二〇一四年十月二十三日

昂首高歌豪气腾，
中华血肉筑长城。
精神义勇传千代，
奋力图强步远征。

赞鲁迅

二〇一四年十月二十七日

横眉怒目写文章，
虑国忧民话短长。
勇对邪魔挥利剑，
中华斗士永流芳。

赞退耕还林

二〇一四年十一月一日

护山保水美家园，
沃土良田五谷全。
耕退还林高见智，
功勋赫赫惠人间。

临窗花台

二〇一四年十一月十日

家居市井筑花台，
万紫千红四季开。
艳丽多姿供赏目，
馨香韵致寄情怀。

怀友（二首）

二〇一四年十一月十二日

一

跋山涉水步艰难，一路风尘到暮年。
创业兴邦同志愿，贤君与我梦魂牵。

二

春花艳放燕归来，碧水青山笑脸开。
此景令君吟丽句，当年明志竹阳台。

家乡美

二〇一四年十一月十四日

青松翠柏映霞天，
峻岭清江百里川。
鸟语花香丰五谷，
客游胜地乐如仙。

郊　游

二〇一四年十一月十八日

悦目枫林似火红，
崇山紫霭映江东。
轻风伴我怡情至，
饱赏名家画意浓。

自　题

二〇一四年十一月二十五日

八十人生梦愿追，
勤劬苦乐喜荣辉。
今朝大地风光好，
虽老心强展翅飞。

赞我国海军舰队护航示军威

二〇一四年十一月二十七日

保疆巡弋载荣光，
舰阵飞歌万里洋。
破浪征帆观远景，
雄姿威武国家强。

读李杜诗感怀

二〇一四年十一月二十九日

诗圣佳篇众口传，
时今仍读味新鲜。
中华代代人才出，
继领风骚百卉妍。

贺宪法纪念日

二〇一四年十二月四日

全国人民代表大会决定：将每年十二月四日为《宪法纪念日》，期间各地都将举行纪念活动。此举具有极其重大的政治意义和深远的历史意义。

立国兴邦振宪章，
中华大地耀春光。
人人守法为荣责，
海晏河清福禧长。

看相册

二〇一四年十二月十日

翻开影集趣新添，
阅览人生历世篇。
往事纷呈忧与喜，
豪吟一曲梦追圆。

恋夕阳

二〇一四年十二月十七日

欣逢国盛气高扬，
百姓居安福禧康。
沐浴阳光追梦愿，
醉君哪不恋斜阳。

柳梢青·南京三十万死难者公祭日

二〇一四年十二月二十日

五岳鸣哀，江河诉泣，昔日凶灾。日
寇侵华，南京杀戮，遍野尸骸。

祭三十万胞哉。魂不散、花红愤开。
崛起中华，国强民富，惕寇重来。

浣溪沙·贺我军歼 20 战机亮相

二〇一四年十二月二十二日

　　银燕横空卫碧天，神通广大显空前，爽姿铁骨谱雄篇。

　　军阵势强威寇胆，国防巩固稳江山，中华梦愿定成圆。

贺《皿方罍》返乡

二〇一四年十二月二十五日

　　青铜器《皿方罍》国宝，出土于一九一九年湖南省桃源县。直至二〇一三年终于回国返湘与器皿盖重合。国宝象征我国古老文化，有感于此。

　　　　当年遭劫至他邦，
　　　　岁岁思乡痛断肠。
　　　　崛起中华圆宿梦，
　　　　踏歌万里返三湘。

趣　感

二〇一四年十二月二十七日

日照山峦晓雾开，
林中百鸟闹歌台。
微风拂煦驱寒意，
春到家乡报喜来。

赞孙大圣

二〇一四年十二月二十九日

追风拨雾上云霄，
火眼明睁辨怪妖。
棒舞金光伸正义，
狐蝇害类哪儿逃！

元旦贺词

二〇一五年元旦

岁晚颂歌扬，
新年见曙光。
全民齐努力，
追梦谱华章。

咏风雪

二〇一五年元月六日

缤纷雪片洗尘埃，
大地苍天笑口开。
漫卷银花风啸舞，
沉疴腐败远深埋。

书山趣

二〇一五年元月十日

书山览景美无穷，
万物多姿趣味浓。
似饮千杯仙境醉，
豪情妙曲梦圆中。

恩　爱

二〇一五年元月十五日

风雨同舟五二春，
酸甜苦辣满杯斟。
培桃育李苍天喜，
梦愿齐追爱慕深。

仙人掌吟

二〇一五年元月二十日

全身满刺盛开花，
少水缺肥住漠沙。
蔑视妆台传媚悦，
嫉仇贿赂买乌纱。

啄木鸟吟

二〇一五年元月二十八日

秉性忠诚护林奔，
咀锋眼锐事躬真。
平生历险除虫害，
勇卫山林总是春。

感 悟

二〇一五年二月三日

不住书山腹馑空，
知多识广铸豪雄。
中华历代名贤士，
博学图新总练功。

春

二〇一五年二月五日

妩媚佳人缓步来，
披风载雨画图裁。
羞花闭月惊姿美，
拥抱山河笑面开。

高　树

——致好友

二〇一五年二月十日

顶天立地绿荫生，
历雨经风誉美名。
劲节高张观远景，
生辉日月永同龄。

访山村过春节感怀

二〇一五年二月十三日

村村腾喜气，户户挂楹联。
腊肉糍粑足，名车栋宇添。
兴农丰五谷，创业富三壿。
僻壤新奇变，陶公^①马不前。

注：①陶公，即指东晋田园诗人陶渊明。

鹧鸪天·赞中国制造

二○一五年二月二十日

商品从前总姓洋，寥寥国货欠风光。
中华崛起龙人梦，工业繁荣国运昌。

兴制造，喜开张，琳琅产品赛西方。
远销各国洋人乐，赞誉中华世界强。

春　雨

二○一五年二月二十六日

乍暖微寒二月天，
轻风薄雾满山川。
催耕喜雨连绵下，
大地欣然展丽颜。

访山村即兴

二○一五年三月三日

喜鹊枝头妙曲扬，
弯溪岭寨映霞光。
田间地里机声响，
欢唱山乡创业忙。

学雷锋

二○一五年三月五日

爱党情深心赤诚，
为民服务力全倾。
奉公克己心神爽，
常学楷模正气腾。

访望城靖港

二〇一五年三月十日

风吹岸柳水扬波，
街巷天天游客多，
古镇千年逢盛世，
丰姿溢彩放新歌。

山村三月即景

二〇一五年三月十五日

悦目山村翠绿装，
奇峦秀水鸟啼翔。
鲜花朵朵争奇艳，
惹引诗家笔吐芳。

春如画

二〇一五年三月十八日

杜鹃怒放染山红，
碧水青山万物荣。
旖旎春光添画册，
祥云秀岭沐东风。

访乔口镇

二〇一五年三月二十日

丽日寻芳秀水边，
花红柳绿美大川。
商街古巷呈新貌，
劲曲欢歌喜万千。

浪淘沙·读《史记》越王勾践卧薪尝胆感言

二〇一二年三月二十三日

战败作吴囚，忍辱蒙羞。乡愁国难
在心头。尝胆卧薪潜大志，苦度春秋。

豪杰晓恩仇，谋划鸿猷，韬光蓄力
志将酬。雪耻功成兴国业，史册称讴。

长相思·亲情（四首）

二〇一五年三月二十七日

一

党最亲，似母亲。党送春晖暖我心，
长征路上奔。
恩情深，似海深。对党忠诚事认真，
时时知报恩。

二

祖国亲，慈母亲。关爱春晖暖在心，
龙人生命根。

表真心，火热心。锦绣山河艳丽春，
爱她不变心。

三

故乡亲，众乡亲。秀水清山物阜珍，
远离装在心。

说乡音，听乡音。日唱山歌夜梦君，
小康路上奔。

四

军民情，鱼水情。团结如同树绕藤，
人民子弟兵。

心忠诚，志成城。卫国安宁百业兴，
永跟指路灯。

117

江岸游

二〇一五年四月一日

漫步江边景色新，
花红柳绿映彤云。
轻风拭面心神醉，
快乐游君画里人。

湖岸小景

二〇一五年四月八日

依依绿柳映清波，
蝶舞寻芳趣兴多。
皓首鸳鸯心欲醉，
手机亮嗓唱情歌。

注：老人手机可当收音机、播放机使用。

称同志

二〇一五年四月十日

互称同志唤心声，
气正昂然步远征。
义胆忠肝追梦愿，
兴邦创业定功成。

野　游

二〇一五年四月十一日

和风四月杜鹃红，
碧水青山万物荣。
鸟语花香游胜地，
开怀赏景与民同。

春 兴

二〇一五年四月十三日

叠嶂层峦浴日红，
清江柳岸百花丛。
城乡画卷添新色，
雁阵高飞追梦中。

春 风

二〇一五年四月十六日

煦风拭面蝶蜂来，
草木扶疏花盛开。
碧水青山吟韵美，
明时春色入情怀。

澧水两岸今昔

二〇一五年四月二十日

昔日村民事事愁，
恰如澧水逐波流。
今朝喜迈康庄路，
竹籁江涛亮美喉。

勉　友

二〇一五年四月二十五日

高情迎旭日，
悦目眺云涛。
妙笔江山美，
飞歌上九霄。

观　蝶

二〇一五年四月二十九日

朗日蝶双飞，
寻芳奋力追。
山花绽笑脸，
爱慕喜春晖。

赞全国劳动模范

二〇一五年五月一日

奖章载誉闪金光，
挂在胸前赞语扬。
创业劬劳追梦愿，
功勋卓越写篇章。

莫斯科红扬大阅兵观感（二首）

——纪念反法西斯战争胜利七十周年

二〇一五年五月三日

一

红旗猎猎映苍穹，列阵心高气势雄。
雷雨春风传世界，苏军卫国建奇功。

二

历史重温告世人，鸣钟呐喊慰忠魂。
年年几处狼烟起，唤醒钟馗扫鬼神。

郊游即兴

二〇一五年五月六日

遍野花香姹紫红，
喳喳小鸟喜春风。
蜂飞蝶舞寻芳急，
垄亩情歌伴彩虹。

峒河小景

二〇一五年五月十日

桃李花妍映紫霞，
青松翠竹掩农家。
层峦叠影清波里，
浣洗村姑笑语哗。

注：峒河，即贯穿湘西吉首市内的一条河。

喜家乡新图景

——欣闻家乡要建好《红二军长征始发地》纪念地

二〇一五年五月十七日

年少离家久未归，
常随好梦路途回。
今朝建设新图景，
喜唱新歌唤雁飞。

古风·访西莲见闻

二○一五年五月二十日

绵亘山峦望无边，云海涛涌接连天。
四面纵横通天路，直达翠林村寨间。
悦目亮彩新栋宇，点缀山腰映霞烟。
艳妆男女忙农事，车来人往笑语喧。
盛产名茶销境外，天麻药材万宝山。
因地制宜创大业，致富人人跃争先。
改革开放丰硕果，年年喜事榜上添。
昔日穷山今富地，风光旖旎亮奇观。
回答此地缘何变，政策英明有好官。

除蚊害

二○一五年五月二十二日

昼伏夜横行，
疯狂乱飔声。
嘴尖噬众血，
举掌一除清。

咏　柳（二首）

二〇一五年五月二十五日

一

溪边袅娜绿丝飘，翠碧含烟数万条。

风致轻盈柔作美，迎春意韵上云霄。

二

清风伴舞不沾尘，嫩叶垂条色淡新。

水碧山明相照影，花红柳绿画中春。

渡船吟

二〇一五年五月二十七日

不计河宽水势惊，

迎风劈浪雨中行。

来回送客无暇日，

我乐他欢仁爱情。

赞"一带一路"

二〇一五年五月二十日

东风起舞贯长空，
逐梦繁荣气势雄。
互惠通途联手建，
和平福禧五洲同。

朝中措·端午节祭屈原

二〇一五年端午节

承传楚俗两千年，端午赛龙船。粽子奉
投汨水，吟歌吊祭屈原。

心忧国事，谏言遭贬，悲愤惊天。《天问》
《离骚》留世，浩然气壮河山。

采桑子·赞救灾抢险的英雄们

二〇一五年六月七日

"东方之星"客轮于二〇一五年六月一日夜,遭狂风暴雨倾覆遇难,船上456人。事发后,党中央和各级政府十分重视、紧急动员各方力量,进行抢险救人。军民团结、日夜奋战,表现出了伟大的英雄气慨和仁爱精神,可歌可泣。

狂风恶浪船倾覆,噩耗伤怀。多命遭灾,
雨泣江咽地恸哀。

千军万马齐出力,援手伸来。日夜当差,
搜救英雄气壮哉。

忆王孙·赞《红旗渠》

二〇一五年六月七日

银河天降绕山腰,峭壁清波逐浪高,数万雄兵战昼宵。
领风骚,十载辉煌万代骄。

祈　天

二〇一五年六月十五日

恶虎自称王，
干戈百姓亡。
祈天挥利剑，
止霸不疯狂。

浣溪沙·华人共愿

二〇一五年六月十八日

历史风云伤九州，闹得两岸不共舟，
同根何苦记恩仇？

统一中华追梦愿，富民强国复兴酬，
龙人代代好春秋。

防　灾

二〇一五年六月二十日

哀鸿垄亩荒，
大地少风光。
举国倾全力，
防灾建小康。

榜　样

二〇一五年六月二十四日

助人为乐待诸君，
刚正无私事认真。
亮节高风赢美誉，
功勋卓著启后昆。

贤淑典范

——赠张晓华同志

二〇一五年六月二十八日

相濡以沫伴夫君，
待友和颜乐助贫。
辛劳持家传美誉，
腾芳德润启后人。

南水北调

二〇一五年六月三十日

济世江流似巨龙，
穿山越谷北南通。
高歌创业民生福，
伟绩辉煌贯日虹。

渔歌子·西气东输

二〇一五年七月二日

西气长龙蜿向东，穿山跨谷跃姿雄。
家富裕，国繁荣。神州万里沐春风。

天仙子·述怀

二〇一五年七月十日

少赏闲庭花烂漫，纵观天下风云变。人间忧
虑起狼烟，防敌犯，紧持剑。奋勇冲锋高呐喊。

忆送别

二〇一五年七月十三日

欣逢佳节到垣城^①，
叹短欢心急返程。
难舍依依妻别泪，
祥风霞朵佑夫行。

注：①垣城：指花垣县城。

观景感怀

二〇一五年七月二十二日

青山绿水韵姿娇，
柳絮繁花万众瞧。
赏慕自然多色彩，
新人喜事逐风潮。

巫山一段云·保持和发扬传统

二〇一五年七月二十四日

华夏文明久，千年灿烂琛。国人
代代永传存，若失族无根。

传统精华美，人人赤子心。先贤开路
后人奔，追梦建功勋。

重游橘子洲

二〇一五年七月二十六日

胜地欣游景万千，
园林玉阁映霞天。
风光旖旎屏中画，
妙曲清波湘麓间。

梦恋情

二〇一五年七月二十九日

几回梦见燕双飞，
畅意偕妻览翠微。
祈愿良辰天地久，
齐歌比翼看花追。

怀念老同学

二〇一五年七月三十日

心扉开启忆当年，
四载芸窗湘水边。
学问勤研为创业，
互帮情谊润心田。

喜事临门

—— 贺我国获得二〇二二年世界冬奥会举办权

二〇一五年八月一日

水笑山欢喜讯来，\
神州梦愿遂心怀。\
五环冬奥龙昂首，\
迎迓全球盛会开。

注：二〇一五年七月三十一日下午，由马来西亚吉隆坡传来喜讯，北京携手张家口获得二〇二二年世界冬奥会举办权。

访清水塘

二〇一五年八月二日

塘边木屋映霞光，\
翠柏临风百卉芳。\
访客如潮细问史，\
长吟丽句颂贤良。

古风·王道①兴盛

二〇一五年八月三日

古国文明五千年，儒家思想代代传。

兴邦立国行王道，仁义大爱四海宣。

与人为善施大德，与邻为伴结情缘。

和平共处讲平等，互不侵犯天下安。

大小国家皆兄弟，共谋发展美家园。

扶弱济贫诠仁爱，先忧后乐人人欢。

政府施政民为本，社会和谐艳阳天。

国家繁荣靠创力，万众一心喜事添。

五洲朋友跷拇指，神州崛起美人间。

注：①王道：指以仁义治天下的政策。

古风·霸道① 必亡

二〇一五年八月五日

穷兵黩武逞霸王，飞机大炮血口张。

垄断、掠夺、制裁棒，打压、颠覆似魔狂。

诬蔑、抹黑、理颠倒，混淆是非恶中伤。

张牙舞爪灭对手，逆者绞架遭命亡。

侵略战争从不断，灭绝人性毁城乡。

横行霸道血债累，世人痛恨命不长。

各国人民已觉醒，不安根源在霸方。

世界人民团结起，齐举铁拳斗豺狼。

天下大事共同管，多极世界好风光。

注：①霸道：指凭借武力、刑法、权势等进行统治政策。

走山村

二〇一五年八月十日

溪岸村姑洗浣纱，
顽童戏水赤身哗。
秋高苑圃歌声亮，
激起乡情逐浪花。

惜光阴

二〇一五年八月十四日

岁月如流水，
青春逝不回。
后生须谨记，
行事莫乌龟。

忆送战友远征

二〇一五年八月十八日

同窗意气壮冲天，
卫国从戎不等闲。
挥手跨桥东远去，
至今梦里晤江边。

· 139 ·

炎夏山行

二〇一五年八月二十日

日照层峦亮绿装，林中鸟语乐安祥。
轻轻扑面凉风爽，阵阵盈怀异卉香。
俯瞰田园翻碧浪，沿循山路览清江。
欣然大步忘炎暑，画里行人兴味长。

赞公仆精神

二〇一五年八月二十二日

老实为人心畅宽，
良谟做事勇当先。
精忠施政为民福，
两袖清风百姓欢。

夏日农村一瞥

二〇一五年八月二十五日

烈日当空照，
平畴热浪高。
花枯无彩蝶，
仍见众农劳。

励　志

——赠晓岸

二〇一五年八月二十七日

要成倒海龙，
不作小爬虫。
莫怕征程远，
殊勋报国荣。

· 141 ·

住高楼感怀

二〇一五年八月三十日

门关白昼夜开灯，
外去家回各自行。
入眼多多新面孔，
同楼不识姓和名。

咏　竹（二首）

二〇一五年九月一日

一

翠叶深根立地生，
高情刚正作支撑。
经风历雨冰清节，
处世天长不变更。

二

葳蕤挺秀满芳郊，
青翠清心节节高。
冷对红尘风雨雪，
争奇竹韵美今朝。

伟大的纪念日（二首）

二〇一五年九月三日

一

九月不凡天，
抒怀抗日篇。
宾朋来四海，
庆胜话当年。

二

长空霞朵似花纷，
九月高歌气象新。
抗日丰功传四海，
回眸胜利壮乾坤。

追 梦

二〇一五年九月九日

万水千山景壮观，
花开四季美人间。
平生力逐中华梦，
不到蓬莱怎下鞍。

乐与忧

二〇一五年九月十二日

市井风姿多丽俏，
高楼大厦领风骚。
荣华富贵应防变，
勿忘当年住土窑。

麓山游

二〇一五年九月十三日

霜染枫林似火红，
高山气势贯九重。
花香鸟语游人乐，
远眺星城仙境中。

重唱抗日歌曲感怀

——纪念抗日战争胜利和反法西斯战争胜利七十周年

二〇一五年九月十六日

战歌曲曲壮山河，
唤起人民斩恶魔。
牢记当年英烈史，
兴邦强国止干戈。

赞抗战老兵

二○一五年九月十八日

整洁戎装显淡黄，挺胸迈步气高昂。
当年鏖战硝烟滚，八载挥戈敌寇亡。
壮士功勋彪卓越，军人品格树辉煌。
忠肝义胆高歌赞，敬仰英雄国运昌。

咏岳飞（二首）

——读史料《岳飞传》有感
二○一五年九月二十日

一

期儿成大器，母在背题书。
报国精忠志，英雄业绩殊。

二

保卫河山心志猷，征衣碧血写春秋。
忠良义骨昭天下，美誉芬芳万古留。

赞输电高塔

二〇一五年九月二十五日

翻山跨谷望无涯，
线接城乡亮万家。
横纵山川怀远志，
关情百姓壮中华。

咏　鹰

二〇一五年九月二十八日

爪锋擒猎物，
眼锐察秋毫。
疾俯冲如箭，
鼠狐无处逃。

147

情　书

二〇一五年九月三十日

岁月峥嵘热恋长，
情深不觉鬓如霜。
信笺页页虽黄旧，
入目长言仍郁芳。

星城夜景观感（二首）

二〇一五年十月一日

一

登高极目览星城，
溢彩灯光夜彻明。
古邑神工勤绘画，
三湘四水巨龙腾。

二

赏目星城景色妍，

江流妙曲美人间。

高楼广厦追云月，

雁阵高飞谱巨篇。

贺中国女排勇夺 2015 年世界冠军

二〇一五年十月五日

会战东瀛扬国威，神州儿女夺群魁。

国歌奏凯红旗展，巾帼登台热泪垂。

骁勇英雄郎将①率，辉煌功绩奖杯回。

中华民族多奇志，逐梦人人敢作为。

注：①郎将：即指郎平教练、领队。

秋　吟

二〇一五年十月七日

九九重阳贯日虹，
麓山叠翠显峥嵘。
秋风万籁吟佳句，
画里游人兴味中。

恩爱夫妻

二〇一五年十月十二日

雨里并行共伞亲，
骄阳树下伴遮阴。
相濡以沫①追春梦，
松劲梅贞美丽人。

注：①水干涸了，鱼吐沫互相润湿。比喻：同在困难的
处境里，用微薄的力量互相帮助。出自《庄子·大宗师》。
原文泉涸，鱼相与处于陆。相呴以湿，相濡以沫，不如相忘
于江湖。与其誉尧而非桀也，不如两忘而化其道。相：互
相。濡：沾湿、湿润。

月下思

二○一五年十月十七日

悦赏银盘月，
犹忧几户寒。
扶贫加大力，
共富美人间。

金秋即景

二○一五年十月十八日

金秋菊桂香，
笑语满城乡。
万众同心乐，
高歌创业忙。

微　笑

二〇一五年十月二十日

大度颜开拓爱河，
诚心善愿止干戈。
和谐社会心安乐，
美好人间遍地歌。

十月长沙

二〇一五年十月二十一日

枫红紫翠麓山雄，
旖旎风光映九重。
菊桂浓香飘百里，
星城纳福赞声中。

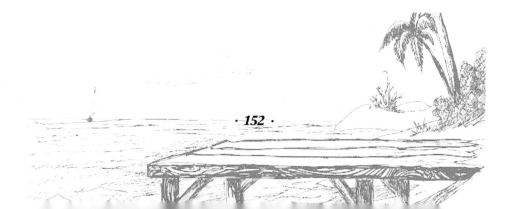

伟大的荣耀（三首）

——赞中国女科学家屠呦呦荣获诺贝尔医学科学奖

二〇一五年十月二十三日

一

为疗疟疾炼青蒿，四十余年甘苦劳。

妙药灵丹人类福，华佗再世喜今朝。

二

青蒿素效显奇观，治病扶民世界先。

中药丰功扬四海，宏开壮力美人间。

三

万里春风传喜讯，屠得诺奖灿如星。

科研硕果寰球赞，广惠黎民仁爱情。

留守儿童

二〇一五年十月二十四日

父母离家久未归，
娃娃屡见燕双回。
常生惊梦闻妈语，
醒后愁肠两泪垂。

某小镇即景

二〇一五年十月二十五日

青山绿水映霞天，
人往东来民众欢。
倩影红妆花竞秀，
河清海晏美人间。

月下话（三首）

二〇一五年十月二十六日

一

秋高气爽月明灯，宅院坪中妙语声。

老者情深言往事，当年逐敌骋千程。

二

忍受饥寒日夜行，翻山越岭似雄鹰。

穷追猛打全歼敌，一展红旗旭日升。

三

金秋美景壮神州，户户欢颜住阁楼。

衣食住行全富有，常思战友血横流。

晨　练

二〇一五年十月二十七日

晨烟拥日升，
四面鸟啼声。
广场人群练，
天天气力增。

山村秋景一瞥

二〇一五年十月二十八日

松林树杪染初霜，
乡野橘柑柿赤黄。
喜鹊枝头歌百首，
金秋水果外销忙。

平湖秋月

二〇一五年十月二十九日

湖中朗月映青山，
疑是银盘嵌水间。
柳岸楼台吟舜日，
欢歌起舞小康妍。

旅　游

二〇一五年十月三十日

辛劳壮岁未出游，
物换星移到白头。
暮景祥和风景好，
登程追梦览神州。

157·

赞高铁

二〇一五年十月三十一日

时速惊然三百里，
穿山越谷似飞龙。
通途四面城乡变，
造福神州赫赫功。

访洪江古商城

二〇一五年十一月一日

绿水青山伴古城，千年史迹誉美名。
商行客栈记昌盛，书院琼楼话太平。
悦目清明图锦绣，赏心朴实族风情。
经风历雨丰姿爽，大邑新歌阔步行。

江城子·瞻芷江抗日受降纪念坊

二〇一五年十一月二日

　　牌坊巍立示人间。灭狼烟，壮丽篇。八年抗战，倭寇降书签。热血横流扬正义，铭历史，壮江山。

参观芷江抗日战争胜利纪念馆

二〇一五年十一月三日

　　巍峨广厦映霞天，翠柏鲜花簇两边。
　　馆内文书腾浩气，楼中史料现狼烟。
　　全民抗战怒潮涌，倭寇丧魂降纸签。
　　不忘英雄流热血，强军富国责担肩。

游嵩云山

二〇一五年十一月四日

青峰绝顶接云端，雾滚云翻峡谷间。
道路通天如玉链，楼亭翘首似皇冠。
游人接队欢声起，飞鸟成群亮嗓喧。
极力登高当望远，娱情乐处有奇观。

过雪峰山隧道感怀

二〇一五年十一月五日

惊观雾嶂接云天，峭壁悬崖路险寒。
昔哭车行生惨祸，今欢虎伏落平原。
双条畅道开心驶，万盏明灯照境迁。
快捷通途连数省，惠来百姓小康妍。

观侗族风雨桥即兴

二〇一五年十一月十日

风雨桥横气势雄，
长亭画阁美姿容。
欢歌胜境添新彩，
侗汉苗民心曲同。

山路行

二〇一五年十一月十五日

力步青峰云海间，
沿崖曲径览奇观。
雀啼路险中途返，
越隘雄鹰晤八仙。

黄　菊

二〇一五年十一月二十一日

冬来色丽亮花台，
招展腰肢抒壮怀。
阵阵浓香飘满院，
冰摧不惧笑颜开。

咏山泉

二〇一五年十一月二十五日

淙淙涧水别青山，
曲绕千回汇百川。
甘洌清流滋大地，
催生物盛喜苍天。

赞桑植县教育事业的领头人

——读蒋兴炎同志回忆录《往事拾珍》感言
二〇一五年十二月十日

细读佳文心豁然，长尊伟岸比青山。
杏坛领队擎旗舞，教苑谋方逐梦圆。
建校训师兴大业，培桃育李写鸿篇。
功勋卓越铭青史，一曲高歌壮世间。

欣游公园

二〇一五年十二月二十日

漫步园林四面香，
平湖柳岸好风光。
游人络绎观仙景，
妙曲亭台咏国昌。

落叶吟

二〇一五年十二月二十五日

落地悠然逸趣高，
情怀洒脱见英豪。
遮风挡雨为人乐，
让位新芽学舜尧。

元旦吟（二首）

二〇一六年元旦

一

巍巍岱岳誉天骄，滚滚长江逐浪高。
奋进中华忙伟业，英雄本色显今朝。

二

风清气正物华新，富国强军万马奔。
恶浪狂风无所惧，高歌一曲艳阳春。

长相思·迎新春

二〇一六年元月十日

岁月新，气象新。华夏花妍处处春。城乡喜事频。

火热心，一条心。远致高情小康奔，人人建绩勋。

致战友黄孝德同志

二〇一六年元月十二日

喜读华章见岱山，仁君耸立紫霞间。
从军卫国忠心耿，立志为民厚德全。
问学求知称雅士，培桃育李誉高贤。
雄文巨著兴邦力，卓越功勋史册添。

重游天心阁即兴

二○一六年元月二十日

登高望远乐无穷，
尽览城街气势雄。
触景生情歌寄慨，
这边独好日斜红。

黄昏吟

二○一六年元月二十三日

悦目林峦落照红，
山川万物遍欣荣。
神清翁妪春情重，
相伴吟歌趣梦中。

瞻仰中山亭

二〇一六年元月二十五日

亭立巍然豪气腾，
遗风史迹壮星城。
改朝驱帝兴邦业，
伟绩丰功千古铭。

一剪梅·火车头赞

二〇一六年元月二十七日

昂首高呼领路奔。巨力神魂，浩气强音。
经风历雨越艰辛，滚滚车轮，豪壮乾坤。

物运称佳多快勤。城镇常新，富国强军。
兴邦创业建功勋，深入民心，万代言恩。

赏雪即兴

二〇一六年元月二十九日

劲风卷雪漫飞天，
叠嶂银装若众仙。
大地苍茫龙奋起，
高歌逐梦美江山。

贺　喜

二〇一六年二月二日

尧天腊月笑颜开，
跷指儿孙登奖台。
喜鹊喳喳频亮嗓，
称佳创业育良才。

央视春节晚会观感（二首）

二〇一六年二月七日

一

锣鼓歌声响彻天，豪情热颂美江山。
兴邦创业功勋著，富国强军写巨篇。

二

黎民悦目激情看，翩舞吟歌画景妍。
励志豪雄追梦愿，中华壮丽美人间。

贺情人节

二〇一六年二月十四日

爱慕敬如宾，相帮日日亲。
花开图景美，永是意中人。

春 词

二〇一六年二月十九日

光风霁月万山青，
春到城乡有色声。
园里夭桃湖岸柳，
新歌嘹亮物荣生。

名 亭

二〇一六年二月二十二日

巍巍爱晚亭，
盛誉壮星城。
史话先贤志，
传承报国情。

咏新竹

二〇一六年二月二十三日

黑甲头尖破土巢，
胸怀大志上云霄。
惊雷不惧迎天笑，
叶茂枝遒节节高。

春　韵

二〇一六年二月二十五日

清江秀野映霞晖，
仰望长空鸥鹭飞。
触景放歌情不禁，
春风伴我醉千杯。

山寨即景

二〇一六年二月二十七日

层峦翠竹望无边，
石径梯田云海间。
村寨如屏千万景，
东风浩荡辟新天。

摄　影

二〇一六年三月五日

阳春三月画图开，
山色湖光入镜来。
拾翠寻芳人欲醉，
诗情彩页尝心裁。

踏　青

二〇一六年三月八日

煦日风光万里川，
莺歌燕舞喜春妍。
怡情览胜吟佳句，
远致高昂追梦圆。

咏春风

二〇一六年三月十日

春风拂煦美仙乡，
峻岭崇山翠绿妆。
溪水潺潺林鸟语，
百花争艳送芬芳。

江南春·雷锋精神

二〇一六年三月十四日

华夏美，艳阳春。雷锋千万万，多见后来人。
为民服务情真切，施爱强邦传福音。

游黑麋峰

二〇一六年三月二十日

崎岖曲道慢车行，
斜耸云峰紫气腾。
快意登高舒望远，
江山似锦乐升平。

生查子·忆湘西剿匪时一次夜行军

二〇一六年三月二十二日

岭寨入更阑，万户人酣歇。旷野静悄悄，
月下蛙虫咽。

队伍夜潜行，远域擒妖孽。无惧路崎岖，
仰望圆明月。

春　图

二〇一六年三月二十四日

春风一笑美山川，
如画乡园车马喧。
布谷催耕声激越，
村村创业谱新篇。

咏油菜花

二〇一六年三月二十六日

旷野黄花灿似金，
争妍悦目美乡村。
芬芳朵朵惹蜂蝶，
来日油香惠国民。

乡　游

二〇一六年三月二十七日

风和日丽艳阳春，
柳绿花红万象新。
百里山川如锦绣，
村村寨寨尽忙人。

喜迎志愿军烈士忠骨载荣回国（二首）

二〇一六年三月二十九日

一

气壮高昂过大江，援朝卫国战魔狂。

英雄杀敌丰碑立，义骨流芳埋异邦。

二

寒山孤寂越多年，梦里归乡望远天。

今日中华雄崛起，忠魂问祖载荣还。

观赏老同志摄影展

二〇一六年四月一日

江山壮丽荡春风，

翁媪情深夕照红。

遍览奇观收镜里，

抒怀赏美显真功。

177

咏植树节

二〇一六年四月三日

全民植树国荣昌，
绿化山川谱华章。
护佑家园齐奋力，
山清水秀是仙乡。

清明节

二〇一六年四月四日

男来女往语纷纷，
墓地荒丘烟雾沉。
祭拜先贤崇孝道，
继承大业后来人。

长征颂

——纪念中国工农红军长征胜利八十周年

二〇一六年四月十一日

红军壮举贯苍穹，
救国图存盖世功。
唯有先贤流血汗，
方赢华夏五洲雄。

观老人地书

二〇一六年四月十五日

皤头耿志坚，
气壮貌如山。
笔蘸湘江水，
吟歌赞舜天。

问　柳

二〇一六年四月二十日

兴高漫步上溪桥，
左岸苍松耸九霄。
笑问纤纤条翠柳，
尔它谁俊领风骚。

航天纪念日

二〇一六年四月二十四日

　　——全国人民代表大会决定：将每年四月二十四日定为国家航天纪念日，以教育、振奋全国人民为航天科学事业发展贡献力量，意义极其深远、重大。

宇宙风光美万千，
飞天探秘要争先。
中华崛起强邦志，
造福人民壮丽篇。

赞大国工匠

二〇一六年四月二十八日

山欢水笑气高昂，
工匠兴邦创业忙。
细刻精雕中国造，
赢来美誉好风光。

赞巴黎协定

二〇一六年四月三十日

旱涝灾殃耳目惊，
全球气变似天倾。
巴黎协定同心力，
减碳防污惠众生。

古风·防气变，保护环境

二〇一六年五月一日

漫天雾霾，日月不明。

暴雨洪涝，山堤塌崩。

狂风干旱，毁坏农耕。

废气污水，危害生灵。

苍天呐喊，众国出征。

中国奋力，勇当尖兵。

防污减碳，丰功贤能。

法国巴黎，聚焦群英。

共商大计，众志成城。

签署协定，责任荣膺。

誓言努力，事必功成。

改善环境，惠及民生。

世人赞誉，千古功名。

斥伪君子

二〇一六年五月十日

高谈阔论惑人心，
每数言行概失真。
耍尽阴谋图己利，
良知谴责不仁君。

闲　游

二〇一六年五月十八日

余暇漫步小山丘，
万绿花红涧水流。
仰慕空中群侣鸟，
齐飞意笃亮歌喉。

信　念

二〇一六年六月二十八日

热血创辉煌，
中华必富强。
艰难无所惧，
国盛超西方。

贺神九问天

二〇一六年七月五日

壮力穿云上九天，
寻图广宇建家园。
中华逐梦宏图愿，
造福人民奋策鞭。

溪流吟

二〇一六年七月十日

连绵迤逦别青山，
远致高歌汇大川。
顾盼群峦情不止，
淙淙远去梦魂牵。

赞青藏铁路

二〇一六年七月十三日

天路飞歌贯日红，
通途僻壤展欣荣。
藏民纳福山川美，
崛起中华气势雄。

赞抗洪救灾（二首）

二〇一六年七月二十二日

一

决口天河泻不停，洪流处处重灾情。
堤崩路断求援急，一展红旗百万兵。

二

军民团结力无穷，缚住蛟龙赫赫功。
护卫家园施大爱，安宁百姓赞英雄。

春满人间

二〇一六年八月十日

丹霞绚丽现奇观，密树繁花美大千。
华夏威仪扬正气，城乡秀貌展新颜。
兴邦创业丰功绩，富国强军巨制篇。
奋起神州追梦愿，豪吟春满在人间。

芳　心

二〇一六年八月十二日

萼朵闲开绿叶丛，
超凡养性露嫣红。
常时冷目看花蝶，
大喜蜂来展玉容。

身正志远

二〇一六年八月十五日

心正不身歪，
亲朋笑口开。
勤劳怀满志，
创业栋梁才。

贺 G20 峰会在杭州召开

二〇一六年九月五日

山欢水笑喜盈盈，众国中枢聚古城。
感悟龙腾身壮力，探究虎病体衰情。
杭州吮笔风光美，大会呈言路径明。
盛赞中华多妙策，主题朗照似航灯。

注：G20 峰会的主题是："构筑创新、活力、联动、包容的世界经济"。

山村新歌

二〇一六年九月十日

山乡溢彩唱新歌，
瓜果牛羊满岭坡。
业绩空前花似锦，
村村北大读书多。

· 188 ·

采 风

二〇一六年九月十六日

喜伴秋风览麓山，
寻芳拾趣密林间。
枫红胜迹生新韵，
畅意挥毫赞大千。

候 鸟

二〇一六年九月十七日

冬日往江南，
春回返北川。
为寻家暖处，
不计徙途艰。

咏友伴

二〇一六年九月二十二日

友伴感情深，
互帮气力增。
同心兴大业，
富国踏歌行。

浮　萍

二〇一六年九月二十五日

终生水上漂，
浪起四方逃。
荡迹天涯恨，
浮根植不牢。

咏　秋

二〇一六年九月二十八日

油茶果穗满山坡，
机驶田间不息歌。
悦目丰收千万景，
金秋馥郁醉山河。

秋夜吟

二〇一六年九月三十日

昂望长空月色明，
神州击鼓迈新程。
城乡处处新图景，
把酒吟歌伟业兴。

临江仙·长征精神万代传

——纪念中国工农红军长征胜利八十周年

二〇一六年十月二日

二万五长征路险，红军骁勇向前。四穿赤水胜娄关，雪山草地，浴血克艰难。

威阵挥戈齐北上，决心抗日挥鞭，会师陕北换新天。功勋卓越，史绩万年传。

及时雨

二〇一六年十月五日

禾苗久旱渐枯黄，
曲涧涸干虾尽亡。
恰在千声人叹息，
甘霖普降百花香。

学长征，壮精神

二〇一六年十月十日

旷古长征誉远扬，
精神伟大史诗章。
今朝又走红军路，
继往开来建国强。

长　江

二〇一六年十月十五日

一

江涛滚滚向东流，往事繁难百姓愁。
自打神州红日照，豪情气壮亮歌喉。

二

东风浩荡逐波流，劲曲高情志践酬。
强国富民倾大力，神功施展美春秋。

193

三

水势滔滔壮九州，奇观万里誉全球。
长虹座座连南北，伟绩功垂万代讴。

照镜子

二〇一六年十月十七日

巨镜照全身，
看清道貌真。
衣冠常整理，
影正誉贤君。

洁身自好

二〇一六年十月二十日

吟哦自洁一身轻，
洗澡常时切勿停。
病毒尘污当涤净，
健康气爽美人生。

山乡晨曲（二首）

二〇一六年十月二十七日

一

拂晓晨光照岭隈，林中小鸟竞相啼。
村姑亮嗓传山外，筑路人群速聚齐。

二

破土填坑忙不停，架桥运石力全倾。
平宽大道通南北，致富山乡似画屏。

星城礼赞

二〇一六年十一月二日

放眼雄城沐瑞祥，
四时亮丽好风光。
神州奏响长征曲，
逐梦齐歌再远航。

重温入党誓词

二〇一六年十一月十日

信仰尊崇热血腾，
追求理想誓忠诚。
狂风恶浪心无惧。
服务人民志永恒。

祝夫安

二〇一六年十二月三日

天天兴味上山岗，
曲曲情歌送远方。
寄语夫安忠卫国，
庭花放艳永芬芳。

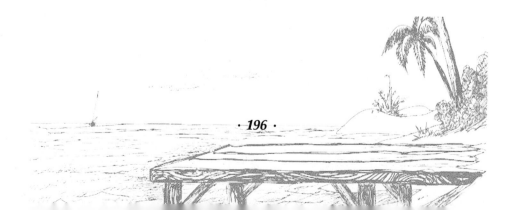

望郎归

二〇一六年十二月二十一日

独立村头眺雁飞，
深情寄语望郎归。
忽闻汽笛山边响，
猜是良人满载归。

赞武松打虎

二〇一六年十二月二十五日

明知有虎勇前行，
气壮山河爱恨明。
自古英雄怀义胆，
为民除害享英名。

老兵回乡记

二〇一六年十二月二十七日

年少从军久未归，
群童诧见问名谁。
乡音未改村民喜，
满载春风皓首回。

展望新年

二〇一七年元旦

弹指挥间又一年，东风劲舞百花妍。
强军富国神功力，扫恶除邪鹰爪拳。
虎跃龙腾兴伟业，山欢水笑谱新篇。
貔貅胆敢掀狂浪，亮剑海空天下安。

贺 2016 年度国家科学技术奖励大会

二○一七年元月九日

龙腾傲首喜盈颜，
博学良才数万千。
赤胆攻关功赫赫，
强军富国壮尧天。

赞民迁新居

二○一七年元月十九日

远住深山雾九重，
久因路障致人穷。
兴农政策得丰惠，
新居福落画图中。

· 199 ·

悼念歼10女飞行员余旭

二〇一七年元月二十五日

芳龄壮志耿从戎，
练武巡天屡建功。
飒爽英姿威敌胆，
忠魂化雨育花红。

过春节

二〇一七年春节

阳光灿灿百花妍，
户户张灯喜过年。
盏庆辉煌言远景，
宏图大业谱新篇。

笔耕乐

二〇一七年二月五日

乐在春风意韵中，
吟歌笑看日斜红。
登临望远生佳趣，
绘展丹霞映劲松。

早　春

二〇一七年二月十日

风和大地物华新，
鸟语花香醉丽人。
雁阵飞歌传福瑞，
神州春色早三分。

贺我国第二艘航母下水

二〇一七年四月二十六日

一

水笑山欢奏乐章，神威巨舰耀荣光。
超凡下水强军力，壮志高歌卫海疆。

二

母舰杨威敌胆寒，呈祥大地百花妍。
新歌壮举东风舞，美丽中华逐梦圆。

贺"一带一路"国际合作论坛峰会

二〇一七年五月十五日

东风浩荡百花妍，四第宾朋妙语欢。
大计共商通五路①，奇观同创谱佳篇。
振兴经济全倾力，捍卫和平紧握拳。
壮丽河山如画卷，中华把笔美人间。

注：①五路：即将"一带一路"建成和平之路，繁荣之路，开放之路，创新之路，文明之路。

贺湘西自治州成立六十周年

二〇一七年九月十八日

岁月峥嵘景壮观，城乡巨变史无前。
军民团结中坚力，众族和谐铁骨肩。
开放革新兴大业，脱贫致富喜盈天。
高歌奏凯长征路，逐梦同心谱巨篇。

长相思·金秋

二〇一七年九月十九日

丹杜香，瓜果香。五谷丰收人正忙，城乡喜气洋。
民安康，奔小康。致富人人喜若狂，高歌祖国强。

02

散文诗

荣 归

二〇一二年六月二日

还记得，\
一张娃娃脸，\
一头黑发时；\
我泪别了母亲，\
走上了风雨征途。

弹指一挥间，\
六十余年过去，\
岁月艰辛誉我孺子牛。

今天，\
我兴高气爽，\
踏上返乡路，\
实现我时久的愿求。

看，\
那河水仍碧浪东流，\
青山仍悦目翠绿，\
可我全白了头。

这！\
写着我人生的喜和忧，\
荣和羞。

家乡啊！

山水欢歌翩舞，
亲人们在迎我招手，
你是多么挚爱，
多么热情，
多么温柔。

家乡呵！
你面貌全新，
焕发异彩，
风光旖旎，
如诗似画，
拨动我的心弦，
禁不住放亮歌喉。

怎能忘?!

二〇一二年十月十二日

怎能忘?!

人生宝贵的一切,

生命中的光和热。

斑斓、生辉,

犹如时空里的星和月。

记得你那时,

黝发明眸,

面若桃花,

眉如柳叶,

行走似燕舞轻飞,

有道玉光佳色。

你常表示:

立志要做一位白衣天使,

救死扶伤,

尽善积德,

为人民健康贡献一切。

而我,

像一只刚出巢的小鹰,

渴望展翅高空,

心急切。

立志当一名战士,

保家卫国。

就这样，

我们常在一起，

漫步小径，

携手伴明月。

时而，

聆听民调小曲，

时而，

柔情密语不绝。

禁不心潮澎湃。

怎能忘？

那春花盛开的美好时节，

我俩在柳荫下拜月。

立下誓言：

同生死，

共患难，

两心紧紧相贴。

登高峰，

过大江，

任何艰难险阻都要跨越。

怎能忘？！

豪迈地踏上人生征途，

我们把国家的需要作为重要选择。

在远域辟地创业。

人生呵！

几十年的风风雨雨，

壮志践酬满腔热血。

记不清有多少个日日夜夜。

站杏坛，解惑授业，

育桃李，呕心沥血，
生活有忧，也有喜悦。
工作有成就，也有欠缺。
我们把光荣当作鞭策，
把批评当作动力加热。
心底无私，紧跟着时代。
走过的路，
蹚过的河，
是故事的一页、又一页……
内容丰富，情节曲折。
踏征途，
一步是一个音符，
一日是一个音节。
征程便是一首歌，
高亢、凝重、悠扬、豪迈。
怎能忘?!
诗情般的峥嵘岁月，
时代授予我们最高奖赏，
爱情的花朵芳香，
永开不败。
幸福人生，
如饮清泉甘冽。
如梦仙台赏月。
怎能忘呵！怎能忘!!

爱之果

二〇一二年十二月三日

爱
是一条长河，
也似一团火。
世人说，
有爱才有果，
这话千真万确。

爱自己，
才有理想、追求执着。
爱家人，
才有家庭温暖和睦。
爱家乡，
才知五谷把你养活。
爱校园，
才能学好功课。
向往未来，
上下求索。
爱朋友，
才有团结互助，
事业红火。
爱劳动，
才有丰衣足食，琼楼玉阁。
爱拼搏，

才有智慧创造。

爱生活，

才知为民服务荣耀。

不停地工作。

爱祖国，

才知江山美丽，

事业伟大，

生活幸福，

前途广阔。

有爱才有力量，

有爱才敢斗邪恶，

施爱才能获得珍贵硕果！

要珍惜，别遗憾地死去

二〇一三年十月十五日

每个人，
都希望自己的生命之光，
永久闪耀不息。
但，
生死
是矛盾的对立统一。
对死，
谁也无法抗拒。
然而，
每个人，
对生命都有着留念，
不愿过早地死去。
由此，对生命特别珍惜。

我常沉思，
常撩起许多思绪。
而且，十分焦急。
我知道，某一天我会死去，
但，
哪怕拥有最后一刻，
我都不会让分秒白白地逝去。
望着朗月和繁星，
听着林中小鸟叽叽私语，

闻着清风送来的丹桂郁香，

我心澎湃，

荡起了许多往事回忆。

我后悔，

少时有过贪玩，

没完全刻苦学习。

后悔，

对事业的贡献，

还未尽全力。

后悔，

青春年华误了许多上进的时机。

后悔，

与同志、朋友们的交往欠广泛亲密。

一生呵！

有过也有成绩。

有苦也有甜蜜。

我常想要补过，

去加倍努力。

我要，

重读《钢铁是怎样炼成的》；

重读《长征路上的小铁腿》；

重读《为人民服务》《纪念白求恩》；

重读《雷锋》日记；

为此增强我的心力，

对生命更加珍惜。

我不愿遗憾地死去，

死之前，我要再次去父母的坟地，

献上花圈，

点香烧纸，

双腿下跪，

表示歉意，

告父母安息！

我不愿遗憾地死去，

最渴望家庭团聚，

享受欢笑的甜蜜。

我要多看看和我共艰难的爱妻，

我们有着大海般的深切情谊。

她虽已过美丽花季，

但她那松贞梅洁品格

仍傲然玉立。

她那言行仍十分温馨，雍容华贵。

我永远不会忘记：

当我患病的时候，

是她守护在我身旁；

当我工作犯错的时候，是她批评、指正、安慰。

当我有一点成绩的时候，

是她鼓励、肯定、推动我继续努力。

她是一位贤妻良母，肩负家庭重担，

受过许多怨气和劳累。

这一切我都深深牢记，

所以，当我还活着的时候，

我要与她情愫相依，

多担当一些责任，

报答她的温存，情义。

倘若我将死去，

最感到歉意和惦记的是我的儿女。

想起他（她）们的幼年，

我没有买几样玩具，

让他（她）们趣味游戏。

没有很好地教他（她）们读书识字，

多几分成绩。

使他（她）们的金色童年少几度父爱温暖，

少几分天真美丽。

今天，我内疚地说：

儿女们，对不起，愿你们别生我气，

愿你们努力学习，意气风发，

才华横溢，鹏程万里。

我不愿遗憾地死去，

要将同志和朋友们的情谊，

千万般地珍惜

祝他（她）们岁岁平安大吉！

对他（她）们给予我的关怀和帮助，

致以最真挚的谢意！

对有过意见相左的同志和朋友，

我要说一声，

对不起！

有失礼的地方，

请不计较，宽容大度，

齐手一笔抹去。

为建设美好的和谐社会，

我们共同努力！

我不愿遗憾地死去，

只要我还有一点气力，

一定坚决支持公平和正义，

为消除邪恶，

亮利剑，

高呐喊，

欢呼胜利！

朋友呵！

人生如水一滴。

若能滋润禾苗，

让它枝繁叶茂，苗壮成长，

即使水干了，

又何足惜?!

我以为：

这才是对生命价值的珍惜。

我不愿遗憾地死去，

我的思念和愿望浓香甜蜜，

未实现，

双眼怎会静静地合闭。

我要多看看祖国的蓝天，

丽日高照，

雁阵远飞。

我要多看看黄河、长江，

水势滔滔，

奔流不息！

我要多看看崇山峻岭傲然巍立。

我要多看看秀丽江山，金色的大地。

我要多看看宁静的夜空明月和繁星。

我要细听那四方传来的悦耳歌声，

赞美爱情、赞美人民幸福，赞美国家辉煌，赫赫功绩。

我要多看看艳丽的花朵象征人生的绚丽，

我会写好最后的赞美诗句，
使我心底少一点遗憾，
多一点人生的美好回忆。

倘若我将死去，
定要抓住机会，
衷心感谢党对我的培养教育。
再次高呼伟大的中国共产党万岁！
致崇高敬意！
再次祝伟大的人民永远幸福安康！诸事如意！
再次祝伟大的祖国繁荣富强，
阔步前进，
在世界林中荣立，
永葆春天气息！

烟云爱情

二〇一三年十一月三日

花好时节，
相遇桥北，
言谈甜蜜，
含情脉脉，
亮风华春色。

历数日，
情丝缠绵，
柔情悦色，
跪地拜月。
立山盟海誓，
心醉，
满腔热血。

于是，
逛商场，
进酒店，
入影院，
游胜地，
日不停，
夜不歇。
把多年劳苦钱袋，
掏空，撕裂。

然，
春风悄过，
秋末花谢，
冬来霜雪。
……

未想到，
人心善变，
气象难测。
烟云飘浮，
无祥云喜气，
美梦破灭。
心已碎，
饮泪恨送别。

饮苦酒，
情思悲切，
空羡双飞蝶。
惊呼！
这是什么样的爱情？
为什么这样人的心冷酷灰白？

苍天啊！
应该怎样谴责？
人们应怎样信守人性贞洁，
道德准则?!

真正的爱情在哪里？

二〇一三年十一月十一日

真正的爱情在哪里？
在理想的高山上，
你要志笃心诚，
努力向上，
不惧艰险，
勇敢登攀。

纯洁的爱情在哪里？
在心灵的大海彼岸，
你要扬帆，
不惧远，
勇敢追到天边。

幸福的爱情在哪里？
在艰苦劳动中，
在坚持正义的斗争中，
在为人民服务的实践中，
你要无私无畏，
艰苦创业，
戴上荣冠。
如此，
志同道合的情侣会向你走来，
知音者会同你高歌心欢。

真正的爱情，

是一幅美丽的画，

是动人的歌和长诗，

是推动进步的强大力量，

是解渴的甘泉。

它美妙感人，

永远在你心中，

在你身边。

永远在春天里，

在温暖的阳光下，

在先忧后乐的妙曲人间。

记一位老战士的嘱咐、遗愿

二○一四年二月十一日

一

后辈们！

假如某一天我死去，

你们不要悲伤。

不要为丧事耗时、费力、铺张。

要把我的终言、嘱咐刻在你们心上。

请记住：

你们要坚定信仰；

只有社会主义救中国，

只有共产主义为崇高理想。

要壮志践酬，

无私、忠诚、刚毅、气正、高尚。

要热爱人民，

热爱党，

紧跟人民心中的太阳。

要坚持唯物主义，

信科学，用科学，昂首阔步，

为实现中华民族的伟大复兴

贡献智慧和力量。

要像先辈们一样，

目锐、耳灵、警惕四方。

为保卫国家安全，紧握手中钢枪，

敢于消灭来犯的豺狼。

后辈们！

你们要不断学习新知识，

增添新力量，

做一名优秀学者、贤良。

要继承先烈们的意志，

不惧艰难，勇挑重担，

建功立业，创造人间辉煌。

要让人民幸福安康，

国家富强，生活永远充满着春天阳光。

后辈们！

你们要胸怀天下，眼观世界，

为社会公平、正义、和谐谱写美丽的篇章。

后辈们！

如你们的思想、行为遂我所愿，

我会安然地走到天堂。

然后，

为酬谢你们，

我会变成朵朵彩云。

在你们的上空飘动，

彰显你们创业辉煌所载荣光。

我会变成千万朵美丽的鲜花，

在你们的周围散放芬芳。

让你们生活喜气洋洋。

我会变成一群黄莺，

队列威整，飞到青山最高处，

用最美妙的歌声，为你们建立的不朽功勋赞扬！

二

倘若我死后，

不要花钱耗力，

不要棺材坟地。

即把我化成灰烬，

施作肥花泥，

撒在辽阔的大地。

献草木繁生，

百花盛开，

遍处是翠林绿地。

让人们沐浴着煦风阳光，

感受时代风气祥和，

岁月辉煌壮丽。

如愿我，

还有这一点价值意义。

让我双眼静静地合闭。

记一位老战士的人生

二〇一五年九月十日

记不清，

一生跋过多少山，

涉过多少水，

走过多少路程。

数不清，

历经多少个日日夜夜

一身硝烟滚，

流过多少血汗，

付出过多少艰辛。

许多往事，

时久记不清，

数不清呵！

然而，

他却时刻记着，

为人民服务的责任。

他坚持学习《为人民服务》《纪念白求恩》。

他虽年老体弱，

但克服困难，积极为乡村修桥筑路，

植树造林。

积极为农村经济发展谋方献策、倾力尽心。

他省吃俭用，将为数不多的养老金资助困难学生，救济困难村民。

他的善举，

一个老兵

一个共产党人的崇高品德赢得了广大群众拥戴、好评。

他的名字，

在群众中流传着……

当人们听到他的名字时，即感到亲情温馨。

人们熟知他的人生：

峥嵘岁月，

征程风雨，

为他刻写丰碑，功垂丹青。

一头银发，

是他为理想、为幸福，

顽强追求，努力奋斗，

苦尽甘来的印证。

一双炯炯有神的眼睛，

示他洞察锐利、是非分明；

对敌人切齿痛恨，对人民深切亲情。

一张青铜色的容颜，

示他人生信念坚定，

对人民事业无限忠诚。

一条条粗深的皱纹，

示他人生的无限智慧，

无私的奉献精神。

一身褪色的戎装，

示他保持着烽火年代的本色和饱满的革命激情。

一枚枚胸前的奖章，

示他为人民事业的胜利，

立下了不朽的功勋。

回顾他的人生，

他是人民的儿子，

是一位光荣的战士，

是一位开创新时代的英雄，

是一位平凡的中国公民。

他的一生是一首歌，

是一部有趣的而又读不完的长诗，

是号角的强音。

他的人生忠贞壮美，

比青山，

比海洋，

比松竹品格

高风亮节、常青。

呵！

他永是人们心中的一颗星，

永是人们不可忘怀的长尊。

后　记

　　《春草吟》付梓问世，令我欣喜。它能于今天与众见面，承蒙刘古卓教授和姚子珩副总编的关心和鼎力相助。他俩在百忙之中挤出时间，为我审改稿件并撰写序言，付出心血，对此，表示衷心的感谢！永记深情厚意。亦感谢家人在我写作过程中所给予的方方面面的关心和支持。

　　本书共收集450首诗词，其中：古体诗13首；近体诗（即格律体）五绝37首、七绝329首；五律1首、七律22首，计389首；词40首；散文诗8首。这些作品仍是我学步之作，缺失难免，敬请方家，贤能友好，多多指教，臻成正格，乃我大幸。

作　者

二〇一七年九月二十日

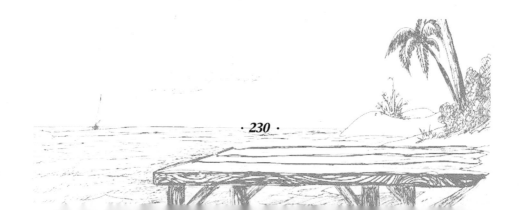